AF234826

Michel Skala

Land ohne Schatten

Erwachen auf Galoosan

Mystery-Abenteuer

Impressum

Bibliografische Information der Deutschen Nationalbibliothek:
Die Deutsche Nationalbibliothek verzeichnet diese Publikation
in der Deutschen Nationalbibliografie; detaillierte
bibliografische Daten sind im Internet über http://dnb.dnb.de
abrufbar.

© 2022 Michel Skala, www.helido.eu

Lektorat: MV Verlag
Korrektorat: MV Verlag
Herstellung und Verlag: BoD – Books on Demand,
Norderstedt

ISBN: 9 783755 766810

Inhaltsverzeichnis

Danksagung an meine Frau Vesna

Auf meiner ersten und großen schriftstellerischen Abenteuerreise nach Galoosan warst du präsent. Besonders, als ich anfing, mich in diesen unendlichen Weiten des Eises und Sturms zu verlieren. Du gabst mir Wärme, als Galoosan drohte mich zu erfrieren. Du berührtest mein Herz, damit es nicht in den zahllosen Kämpfen verlorenging. Dein Kuss bewahrte die Sanftheit in meinen Berührungen und deine Liebe brachte mein Herz zum Brennen. Du Freude meines Lebens, meine Lebenspartnerin und Kriegerin, ich danke dir, dass du da warst und zu mir gehalten hast, als vieles in diesen Nächten auf Galoosan verloren schien ...

Vorwort

Du hast Dir dieses Buch gekauft und jetzt brennt in Dir eine einzige Frage. Jene, ob es ein guter Kauf war, oder jene, die Du nicht auf Partys und in der alltäglichen Gesellschaft frohlockend stellen kannst, aber die dennoch in Deinem Bewusstsein brennt, dass sie Dir Deine Nächte zum Tage werden lässt. Ist es die eine Frage nach dem Wandel oder nur jene Frage, die pure Angst auslöst, weil der Wandel schon längst jene Grenzen in Dir überschritten hat und Spuren der Vergangenheit … zu verblassen beginnen?

Nun bist Du hier und fragst Dich weiter, was Du tun wirst, wenn dieses Buch Deinen Wünschen nicht entsprechen wird, wenn dieses Buch Dich möglicherweise ängstigt oder tatsächlich eine Veränderung in Dir auslöst. Aber dazu ist es bereits zu spät. Du bist hier und liest meine Zeilen. Also, mach Dir nicht ins Hemd und lies weiter … Triff dafür am Ende des Buches eine Entscheidung. Jene, begleitet mit der Frage, ob dieses Leben, welches Du führst, Dein Herz zum Brennen bringt.

Die Zeit des Menschen liegt im Wandel und die innere Zerrissenheit, die damit einhergeht, verflüchtigt unsere letzten Kraftreserven und formt uns zu einem Wesen – welches hilflos zusieht, wie es unfreier wird. Die innere Zerrissenheit von uns wirkt nicht nur auf die Beziehungsfähigkeit, sondern in all unseren alltäglichen Lebensanforderungen. Unser Emanzipationsprozess wurde nie verwirklicht. Beschnitten durch einen dominanten Vater oder dominante Mutter - oder durch beide. Mit dem Wiederfinden unserer Kraft lösen sich unsere Zerrissenheit und alle Verrenkungen auf, die wir zur Welt und Beziehungen einnehmen.

Der Kraftgewinn, der daraus folgt, verändert harmonisch unser Verhältnis zur Umwelt und lässt uns wieder durchatmen.

Mit diesen Geschichten lade ich die Leser dazu ein, sich über ihre eigene Situation Gedanken zu machen. Im Sinne ihrer männlichen oder weiblichen Seite. Was sie in ihren Handlungen und Gedanken als männlich oder weiblich erkennen und empfinden. Sowie sich darüber im Klaren zu werden, welche Kräfte ihnen zur Verfügung stehen. Wenn dabei eine Verlorenheit im Geiste auftaucht, so mein Rat: Der alten Grundregel folgend, wenn du dich einmal verirrt hast, so kehre zum Ursprungsort zurück, um den Weg wieder zu finden. Die Kraft, die es auf Galoosan zu entdecken gilt, schlummert in allen Menschen, seit Anbeginn der Zeit, gleich. Wir haben diese Kraft in den Wirren unserer Alltagswelt vergessen.

Diese Abenteuergeschichte handelt von einem Mann, der entscheidende Charakterzüge in sich trug und damit konträre Wirklichkeiten seines Umfeldes schuf. Zwei Seiten, die ihn spalteten. Die Brutale und die Sanfte. Diese Ambivalenz beförderte ihn schnurstracks nach Galoosan.

In diesem Sinne, viel Freude beim Lesen …

Die eine Wirklichkeit des Charakters

Am Morgen des dritten Tages des Jahres 2013, im Jahre des Herrn, erwachte ich in der Hoffnung, dass mich meine Frau noch liebte. Das Beeindruckende dabei, sie war gar nicht mehr da, um das zu tun. Das heißt nicht, dass sie abgehauen ist und mich mit den vierzehn Kindern alleine gelassen hat. Nein, sie war Arbeiten wie alle fleißigen Frauen dieser Welt und ich war durch die letzte nächtliche Zechtour dermaßen leidenskrank im Bett geblieben, dass sie es gewesen war, welche meine Firma anrief und mich krank meldete.

Helga, Froni oder Moni, ganz gleich, gebt ihnen Namen, die sie auch verdienen, aber macht nicht den Fehler, ihren Wert damit fehlzuschätzen. Ich war ein Arsch, welcher es zu gut verstand, dieses verständnisvolle und sozial hilfsbereite Wesen bis aufs Maximum auszunutzen. Manchmal liebte ich es sogar, meine innerlichen Schwächen mit der gewalttätigen Überlegenheit ihr gegenüber aufzufüllen. Und wenn ich sie dabei zu Boden warf und mich auf sie stürzte, dann waren es nur ihre herzzerreißenden und schmerzlichen Hilfeschreie, die mich manchmal am weiteren Zuschlagen hinderten.

Meine nächtlichen Freunde und das Wirtshaus waren mir an manchen Tagen wichtiger als die ganze familiäre Packlrass. Ich dachte, ich sei der Mann im Haus und dass ich machen könne, was ich wolle und dass ohne mich hier nichts laufen würde. Die Frau hatte mir immer zu dienen, und tat sie dies eines Tages nicht, so lag meine künstliche Empörung darüber nur einen Hauch hinter meinen Schlägen für sie verborgen. Das berührte mich nicht sehr, da ich überzeugt davon war, und in vielen Momenten meiner sinnlosen Kindheit selbst erlebt hatte, was Frauen für eine Tortur aushalten konnten. Meine Erziehungsmethoden bei Kindern beschränkten sich nur noch auf das tägliche Verhauen dieser. Da es mir an anderen Einsichten im Hirn fehlte, um zu verstehen, worauf es ankam. Die nervigen Schreie der Bälger waren an manchen Tagen unerträglich, sodass nur eine gesunde Tracht Prügel alle wieder zum Schweigen bringen konnte. Mit alle meinte ich auch Helga, Froni oder Moni, egal; letztendlich verstummten sie alle weinerlich, damit wieder Frieden im Haus einkehrte.

Meine Beziehung war begleitet von der hirnrissigen Ansicht, dass wenn du zur Frau gehst, du die Peitsche keinesfalls vergessen darfst. Und wenn die Peitsche manchmal fehlte, so erfüllten meine Hände, meine Füße und die Fäuste denselben Zweck. Was ich dabei nie verstand, war – was hielt bloß dieses verletzliche und zerbrechliche Wesen an meiner Seite? Was war es, weshalb sie diese seelischen und körperlichen Wunden ertrug? Nur um in meiner Nähe zu sein, nicht von meiner Seite zu weichen, trotz aller Schläge und Wunden, die sie von mir bekam, die manchmal so hart waren, dass mir sogar selbst die Hände wehtaten. Und erreichte ich einmal eine Grenze, wo sie für immer genug hatte, so war ich es, welcher in Mitleid und Selbstzerstörung zerfloss. Ihr innig offenbarte, wie sehr ich sie liebte, um ihr gleich darauf anzudrohen, mich mit den Kindern vor den Zug zu werfen.

Ich verstand nie diese so zerbrechliche Kraft, die trotz meiner Brutalität zu widerstehen vermochte und mich in der nachträglichen Versöhnungsumarmung nie ablehnte. Jene sanfte Kraft, die bei meinem herzzerreißenden Selbstmitleid sowie meinen um Gnade und Verzeihung bittenden Versuchen mich zu umarmen vermochte und Verständnis für mein Handeln suchte. Was immer ich ihr antat, welche Schläge sie hinnehmen musste und welche seelischen Verletzungen ich ihr zufügte, sie sah immer den kleinen, verletzten Jungen in mir, den keiner wollte, welchen sie trotz aller Versuche nicht abtreiben konnten und welchem sie dafür jede Schuld, dass er geboren wurde, gaben. War es Liebe, war es eine verrenkte Geisteshaltung aus einem Verhaltensmuster ihrer Kindheit, welches nicht mehr zu bändigen war, oder war es nur Ausdruck einer Hilflosigkeit, unter welcher wir alle litten, selbst ich, welcher der häuslichen Gewalt nicht abschwören konnte?

Ja, es war der dritte Tag des Jahres 2013, als ich erkannte, dass das Leid nicht vom Gasthaus, nicht von meinen Freunden und nicht von der ungerechten Gesellschaft ausging. Ich erkannte, dass Leid mein stetiger Begleiter war. Jener finstere Geselle, welcher nicht auf andere geschoben werden konnte, sondern nur in meinem innigen Schmerz nach kranker Liebe zu finden war. Und gleichzeitig war es die Erkenntnis darüber, dass nicht ich schuld an meiner Misere war - sondern wir alle.

Helga, Froni oder Moni verließ mich tatsächlich und die vierzehn Kinder nahm sie mit. War gut so, da ich in dieser tiefen Trauer darüber nicht in der Lage war, diese zu erhalten, und selbst wenn, ich hätte sie eh nur geschlagen und verprügelt. Ich litt wie ein Hund und ich litt jahrelang. Der Alkohol, welcher seit Langem mein Freund geworden war, tröstete mich länger über diese Trennung hinweg und er sorgte dafür, dass man mir den Führerschein laufend verweigerte. Die Polizisten, diese blöden Hunde, haben nie verstanden, dass nicht ich es war, sondern der Alkohol, mein Freund, welcher da fuhr. Sie hätten meinem besten Freund, den Schein zwicken sollen und nicht mir, aber dazu reichte ihr trocken gelegtes, vom Alkohol befreites Hirn nicht aus. Aber auch das war nur eine Lüge, wie wir alle wussten.

Als Helga, Froni oder Moni ging, den genauen Namen wusste ich am Schluss schon gar nicht mehr, war mein Leben absolut ruiniert. Und das alles nur wegen diesem Freund Alkohol oder waren es doch die Schläge, die blauen Flecken und die nächtlichen Zechtouren? Mein Gott, da geschah etwas Gravierendes in meinem Leben und ich konnte mir nicht einmal mehr einen Reim darauf machen, was die Ursache dafür war. Sie war tatsächlich gegangen, das hätte ich ihr nicht zugetraut. Ihr Weggehen hinterließ pure Verwüstungen und das reinste Chaos in mir und in der Wohnung. Nichts fand seinen Platz wieder. Trotz meiner halbschwachen Bemühungen und den Versuchen, Ordnung zu schaffen, verursachte ich nur ein größeres Chaos. Irgendwann verlor ich diesen letzten Kampf in meinem Gehirn, welcher sich »Ordnung« nannte, und was danach folgte, richtete meinen Fokus auf »Auslöschung« aus.

Die Nächte wurden lang und manchmal länger und eine Unendlichkeit des Rausches erfüllte mein Leben zwischen den paar wachen Stunden des Tages und der Nacht. Anderseits hatte ich endlich einen guten Grund, auf Dauer zu Hause zu bleiben. Mein Chef verstand das sogar. Bei der Kündigung klopfte er mir verständnisvoll auf die Schulter und meinte, dass ich ihm sogar leidtäte. Was für ein verständnisvoller Mensch, obwohl ich ihn mit meinen nächtlichen Zechtouren am nächsten Tag so oft alleine gelassen und verarscht hatte. Aber so ist es halt einmal in dieser Welt, es gibt einfach keine Gerechtigkeit mehr; kaum geht man einmal mit jemandem verständnisvoll um, wird man gleich darauf hintergangen. Ich denke, das hat er sich redlich verdient, dieser Arsch von Chef.

Am dritten Tage des Jahres 2013 geschah es dann. Ich stand so um die Mittagszeit auf, oder vielmehr wälzte ich mich aus dem Bett. Kratzte mich abwechselnd am Kopf, am Arsch und im Schritt, wobei mir die Unterscheidung der jeweiligen Orte zu diesem Zeitpunkt nicht zumutbar war. Einen Geschmack im Mund, als hätte ich beim Trinken das Bierglas mit der Klomuschel verwechselt, blickte ich in den Spiegel meines Kleiderschrankes. Das, was mir da entgegenstarrte, Ihr werdet es nicht glauben, es war nicht mehr und nicht weniger als ein beschissener Basilisk. Jenes abscheulich hässliche Fabelwesen, welches in den mittelalterlichen Wiener Sagen Jahr für Jahr den aufmüpfigen Kindern, damit sie endlich die Gosch´n halten, vorgelesen wird.

Ich brauche nicht extra zu erwähnen, dass ich diese Geschichten nicht nur auswendig wusste, sondern, mit verbundenen Augen und freihändig, diese rückwärts aufsagen konnte. Nachdem ich mir dieses Märchen zur Genüge hatte anhören müssen, wusste ich sofort, na, der da im Spiegel, des kann nur der Basilisk sein. Jeder, der die Geschichte kennt, weiß, dass ein Spiegel das Letzte ist, was so ein Basilisk sehen möchte. Nur es war zu spät, es riss seine Augen und den schnabelartigen Mund fürchterlich auf und kam mir taumelnd entgegen. Ich versuchte, freundlich dreinzuschauen und ein bisschen blöd zu winken, aber es winkte leider weder freundlich noch gleich blöd zurück. Mit blutunterlaufenen Augen und einer Fratze, die die Abscheulichkeit rückwärts buchstabieren ließ, brüllte mich dieses Wesen an. Aufgequollen von all dem Alkohol und den Zigaretten der letzten Nacht brüllte es mir aus dem Spiegel entgegen und spuckte dabei Galle und Säure in meine Richtung.

Das nackte Grauen packte mich. Und als ich den rettenden Sprung zur Türe machen wollte, stolperte ich über meine Unterhose, die mir mittlerweile bis zu den Fußknöcheln runtergerutscht war. Und während ich zu Boden fiel, sah ich im Spiegel, wie sich das Fabelwesen aufbäumte, grässlich den Mund aufriss und einen Schwall gelblichen, dickflüssigen Breis gegen den Spiegel spie. Ein kurzes Aufflackern in meinem Gehirn sorgte für einen kleinen Feuerzauber an Erkenntnissen. Die mir zu verstehen gaben, warum dieses Fabelwesen, halb Hahn, halb Kröte, sein kleines verschrumpeltes Schwanzerl vorne trug, aber das war bereits unwichtig geworden, da ich es im nächsten Moment vergaß.

Wie in Zeitlupe fiel ich zu Boden, und als ich dort aufschlug, wirbelte ich all den Müll, der dort herumlag, auf. Die Bierflaschen, die Chipstüten, die Bierdosen und Weinflaschen flogen mir regelrecht um die Ohren und einige landeten im Spiegel, im Fenster und ein paar sogar auf dem blöden Luster. Mein Sturz löste ein regelrechtes Trommelfeuer von Querschlägern und herumfliegenden Trümmern aus, die, wieder durch die Anziehungskraft der Erde beflügelt, ihre

Ursprungslage suchten und mich kurz darauf vollkommen begruben. Es war der Basilisk, dachte ich in meinen letzten Gedanken, niemand anderer wirbelt mehr Dreck hoch als dieses Arschloch, während ich kurz darauf das Bewusstsein verlor.

Nach einer Weile, oder war es doch etwas länger, als ich wieder meine Augen öffnete, spürte ich die Kälte um mich und Schneeflocken tanzten auf meinem Gesicht.

Die andere Wirklichkeit des Charakters

Die Sonne schien durch das kleine Fenster in unser Schlafzimmer und die sanften Strahlen kitzelten mein Gesicht. Ich öffnete meine Augen und blickte in die schönsten blonden Haare einer Frau. Eike, Heike oder war es Helga? Egal, die Sonne brachte ihre strohblonden Haare zum Erstrahlen, wodurch das kleine Schlafzimmer von diesem Licht durchflutet wurde. Ich umarmte sie sanft und küsste sie auf die Stirn, bevor ich aufstand. Der nächste Blick galt unseren beiden Zwillingstöchtern, welche in der Wiege neben unserem Bett schliefen. Beide so eingekuschelt lagen sie da und träumten ihren Schlaf der Unschuldigen.

Ich zog mich leise an, um nicht meine größte Liebe zu wecken, und schlich mich aus dem Zimmer. Im Vorzimmer begrüßte mich schon unser Hund Wuffi, Trufi, Bello oder so und wir eilten gemeinsam in die Küche, das Frühstück vorzubereiten. Beim Betreten der Küche roch ich unser Meerschweinchen, welches sich über beide Ohren angekackt und darin herumgewälzt hatte. Ich ignorierte sein stinkendes Gequieke und räumte gleich das gestrige Geschirr vom Tisch in die Spülmaschine ein und hätte am liebsten gleich das angeschissene und zur Fettleibigkeit dressierte Schwein mit hineingeworfen.

Aber halt: »Nein, das sind keine schönen Gedanken«, sagte immer Eike, Heike oder war es Helga? Egal, ich liebte dieses Wesen abgöttisch und ich hätte alles für sie gegeben. »Das Meerschwein ist ein Familienmitglied und muss auch so wie eines behandelt werden«, sagte sie ständig. Ich blickte neben dem

Geschirrspüler runter und erkundigte mich nach dem Hasen, welchen wir seit fünf Monaten hatten, jenen fünf Monaten, seitdem die Zwillinge auf der Welt waren. »Komm Schatz, lass uns einen Hasen kaufen«, hatte Eike, Heike oder Helga gesagt. »Er soll mit den Kindern mitwachsen und die Kleinen werden ihn sicherlich lieben.« Und deshalb besorgten wir uns gleich darauf auch diesen Hund, weil sie schon immer einen Hund haben wollte, und obendrein dieses blöde Meerschwein. Aber halt: »Nicht ›blöd‹ sagen, das sagt man nicht«, hat sie mir immer fein säuberlich verpackt zugeflüstert.

Ich versorgte den Hund, räumte die Wäsche in die Waschmaschine und man sollte es nicht glauben, während ich die Fenster zum Garten das zweite Mal reinigte, erwachte mein Schatz, meine Liebe, mein Glück, mein Traum vom Leben. Gut, es war zwar schon um die Mittagszeit, aber mein Glücksempfinden war deshalb nicht abgetragener oder abgewaschener, nein, ich schrie fast gleichzeitig wie der Hund vor Glück, als sie, so wie ein ausgespuckter Kaugummi, durch die Küchentüre den Raum betrat und wie eine Sonne den Raum flutete.

Mein Gott, Heike, Eike oder war es Helga? Ich liebte sie alle ganz gleich, wer sie wirklich waren. Bevor sie sich setzen konnte, las ich sehnsüchtig die Wünsche von ihren Lippen, und als ihr Hinterteil dann den Stuhl berühren wollte, schob ich sanft ein weiches, rosafarbenes Polsterstück darunter, sodass ihr dabei entstehendes Lächeln meine Seele zum Erstrahlen brachte. Ja, Heike, Eike oder nur die Helga waren der wahre Grund, welchen ich mir tagtäglich zu Gemüte gab, warum das Aufstehen für dieses wundervolle Wesen immer ein Segen für mich war.

»Hast du den Hund schon gefüttert?«, war ihre erste Frage und ich beantwortete sie mit selben Hecheln und Kopfnicken wie der nette Hund da unten, welchem ich am liebsten eine reingetreten hätte. »Oh nein, nicht das böse Wort, schnell dreimal Pu, Pu, Pu sagen, dann ist es schnell weg«, sagte Eike, Heike oder war es doch Helga; egal, im nächsten Moment sprach sie weiter: »Und was ist mit dem Meerschweinchen, ist es schon satt?« »Aber ja, meine Morgenröte«, erwiderte ich und ihre Worte kaum abwartend ergänzte ich mit bescheuertem Grinsen: »Ja, die Zwillinge habe ich auch schon windelmäßig versorgt, Schatz, sie warten nur noch auf deine Brustwarzen.« »Ach ja, ihr Männer«, sagte sie leicht schmunzelnd, während sie sich genüsslich streckte. »Schade, dass ihr die Babys noch nicht säugen könnt. Wozu habt ihr nur eure Brustwarzen, dann blieben wenigstens meine Brüste schön knackig und straff.« »Ach ja, die Brüste«, sagte ich und versuchte, eine davon für mich zu erwischen. »Nein, nicht jetzt«, sagte sie. »Der Hund schaut zu.« Ich blickte den Hund grimmig an und wir knurrten beide gleichzeitig los.

»Was gibt es zum Frühstück, mein Mausibärli?«, unterbrach ihre süßliche Stimme unser gegenseitiges Balzverhalten. »O ja«, sagte ich, den blöden Hund mit einem Auge fixierend, »ich habe bereits alles für dich vorbereitet, meine Liebe. Magst du heute Orangensaft oder ein Glas Milch dazu?«

Sie setzte sich näher zum Tisch und langte mal so richtig zu, während ich dastand und sie anschwärmte, wie toll sie … alles machte. Ich liebte und bewunderte sie und alles, was sie tat, berührte mich tief, worauf ich unmittelbar vor Rührung zu weinen anfing. »Oh nein, jetzt nicht weinen, mein Herzi«, sagte sie gerührt und hatte dabei ihr Gesicht leicht zur Seite geneigt, sodass ich nur ihre Visage sehen konnte. Und so am Rande, im Schatten ihres Gesichtes, nahm ich eine kleine, kaum wahrnehmbare Bewegung wahr, eine Form des Gesichtsausdrucks, welcher in den Rändern der Augenwinkeln Langeweile signalisierte. Eine widerwärtige, gähnende Langeweile, die selbst auf das schön hergerichtete Frühstück gespien hätte. Nur, der Augenblick war zu kurz, um mehr zu sehen, um mehr zu erkennen, damit sich die kurze Wahrnehmung zu einer Erkenntnis hätte bilden können, denn da war schon der Hungerschrei der Babys im Anmarsch und übertönte diesen sanften Augenblick meiner Erleuchtung.

Sie sah mich mitleiderregend an und ich wusste, nein, ich war bereits in der Türe und holte die beiden Bälger herein. Eike, Heike oder Helga, egal welche, sie lächelten mir alle mit der Kraft der Sonne zu und baten mich, schnell zwei Fläschchen für die beiden zu machen. Dabei drückte und knetete sie mit beiden Händen ihre schönen, festen Brüste zusammen und sagte, dass sie etwas Erholung bräuchten.

Ich starrte auf diese beiden Gewölbe, die sich abwechselnd und sanft durch ihr Nachthemd drückten, und verstand, ganz gleich, was sie noch verlangt hätte, ich solle das Meerschweinchen küssen, den Hund pudern, aus dem Fenster springen, mir den Kopf mit einer Axt spalten, ganz gleich, ich hätte es getan, verdammt … ich hätte es getan.

Doch wie es so ist, spielt das Leben eine andere Musik als die, die wir im Ohr hören. Ein schrilles Läuten unserer Haustürglocke riss mich aus meiner nicht enden wollenden Zuneigung zu dieser Frau. Während Heike, Eike oder Helga, egal, sich das letzte Toastbrot mit Marmelade in den Mund reinschob, sprang ich mit den beiden Zwillingen im Arm zur Tür und war erstaunt festzustellen, dass Martin, unser alter Hausfreund und Nachbar, davorstand. Seine Wortwahl von: »Oh, hast wohl gerade alle Hände voll zu tun?« und »Ist deine Frau da?«, brachte mich leicht aus dem Konzept. Weder das eine noch das andere konnte ich erfolgreich verneinen. Und als ich es doch tat, schritt er an mir wortlos vorbei und verschwand in der Küche. Nicht einmal der blöde Hund knurrte und ich, der sonst so lieblich und zuvorkommend war, schaffte es nicht, ihm einen Stuhl anzubieten. Egal, er setzte sich gleich neben Heike, Eike oder Helga hin, umarmte und küsste sie so freundschaftlich, dass selbst der Hund wieder zu knurren begann. Ich stand da mit offenem Mund, die Gschroppen in meinen Armen haltend, und blickte in eine Szene, die an mir nur so vorbeiging.

»Na, Martin«, hörte ich mich sagen. »Das war ja ein bisserl mehr als der übliche Freundschaftskuss, oder?« Kurz darauf explodierte mein Mausiherzi in einem endlos erscheinenden Redeschwall. Und Martin, welcher sonst immer stumm blieb, artikulierte, als wäre er auf einen Schlag zum Pantomime-Meister geworden, welcher ihre lawinenartigen Worte, die kein Ende finden konnten, sagenhaft in Körperbewegungen umwandelte. Ich stand da und konnte es nicht fassen, mein Mausiherzi veränderte sich schlagartig in eine bestialische Furie und der »Koffer« neben ihr verwandelte zu allem Überfluss ihren

Wortschwall in die Bewegungen eines Hummelfluges. Der Hund bellte, die Kinder schrien, das Meerschweinchen schiss sich zum dritten Mal an, während Martin zu mir sprang und mir mit seiner netten, hilfsbereiten Art seine Faust zunächst in den Bauch und dann gleich ins Gesicht rammte.

Während ich fiel und geplagt durch Schuldgefühle darüber nachdachte, was ich bloß falsch gemacht hätte, sah ich, wie sie die beiden Babys aus meinen Armen rissen und Eike, Heike oder war es Helga, egal, mir zum Schluss einen saftigen Fußtritt verpasste, welcher die Fallgeschwindigkeit erhöhte, mit der ich kurz darauf auf den von mir frisch geputzten Fliesenboden der Küche aufschlug. Ich verlor langsam das Bewusstsein, und während ich zaghaft nach Erklärungen mein Hirn durchkämmte, sah ich von Weitem her ein kleines Licht. Es kam immer näher und wurde größer, und als es ganz nahe war, spürte ich die Kälte, die sich dort unaufhaltsam bewegte …

Das Erwachen des Kriegers

Es war ein Tag wie viele davor. Meine Hände und Füße waren von der Kälte verschluckt. Seit heute Morgen waren auch meine Unterarme taub. Ich weiß nicht, wie ich hierhergekommen bin. Es fehlten mir Erinnerungen dazu. Ich wanderte auf schroffen Felsen und vereisten Flüssen und suchte vergeblich einen Anhaltspunkt, welcher mir so weit bekannt vorkam, dass ich wieder den Weg nach Hause finden konnte. Doch vergebens, nichts Bekanntes gab es hier an diesem sonderbaren Ort, wo es einem erschien, dass sogar die Seele einfrieren könne. Meine Gedanken verloren sich mit der Zeit in dieser Kälte, bis zu jenem Tag, wo mich keine Erinnerung mehr weckte. Alles, was die Form von Gedanken hatte, war verflogen, so, als hätte ich keine Vergangenheit mehr, oder nie gelebt. Eine Leere nahm von mir Besitz, die keine Angst auslöste, sondern mir den inneren Druck nahm.

Von weiter Ferne sah ich kleine Lichter aufleuchten, so wie Leuchtkäfer im Hochsommer. Aber, sobald ich mich aufmachte, diese zu finden, verschwanden sie wieder am Horizont und ich verlor mich in den Weiten des Eissturmes.

Schaute man lange genug auf den Horizont hinaus, dann erschienen von Zeit zu Zeit graue Formationen, die sich, wie von Geisterhand bewegt, dort aufhielten. Wenn man diese mit dem Auge fixierte und näher kam, erkannte man, dass es nur schroffe Felsen waren, die durch den Wind und die Schneeverwehungen sonderbare Formen bildeten. Sah man hinauf zum Himmel, dann war man erst recht erstaunt. Es gab keine Sonne und keine

Sterne am Himmel und doch war der Tag mit einem grauen Schimmer erleuchtet. Dieses Land besaß keine Schatten. Der graue Lichtschimmer, den ich Sonne nannte und der Eissturm ließen keine entstehen.

Die Nächte waren stockfinster und man musste ein sensorartiges Gespür entwickeln, um in der vollkommenen Dunkelheit weiterzukommen. Eines Tages fand ich hinter einem kleinen Felsvorsprung eine Höhle. Sie war mannshoch und ermöglichte mir, in ihr aufrecht zu stehen. Kaum überschritt ich ihren Eingang, spürte mein Körper den Temperaturunterschied. Der kalte Wind hatte durch die schräge Lage und die sonderbare Formation der Höhle keinen Zugang in diese und während ich, mich immer mehr vor dem kalten Wind schützend, in die Tiefe bewegte, wurde es wärmer.

Ich setzte mich auf einen kleinen Felsen, den ich an einer Felswand erkannte, und versuchte, mich dabei durch Dehnungen des Körpers der restlichen Kälte in mir zu entledigen. Langsam kehrte wieder Wärme in meine Knochen zurück und ich begann, durch diesen Umstand motiviert, die Höhle zu erkunden. Draußen verteilte der Wind über die Landschaft Schnee und Eis. Ich begann mit dem Abstieg, begleitet vom Pfeifen des Sturmes.

Vorsichtig setzte ich einen Schritt vor den anderen. Aus dem Inneren der Höhle, so wie von weit her, drang ein leiser, kaum hörbarer Ton zu mir. So, als hätte man Ohrensausen, nur, das Geräusch kam von außen und es war um eine Nuance leiser als mein eigener Atem. Ich entdeckte ihn nur deshalb, weil ich mich in einem Moment über einen Felsen heben musste und dabei den Atem anhielt. Ich verharrte in der Bewegung und überlegte kurz, was meine nächsten Schritte sein sollten. Wage ich den tieferen Gang in die Höhle oder gehe ich wieder zurück in die Kälte? Entweder eines Tages da draußen erfrieren oder dem sonderbaren Ton, welcher auch Gefahr bedeuten könnte, in die Tiefe folgen. Ich entschied mich für die Höhle, da ich von der Kälte genug hatte, und trat den weiteren Abstieg an.

Langsam verschwand das graue Leuchten hinter mir, welches mir den Ausgang der Höhle anzeigte, und es wurde mit jedem Schritt immer dunkler, bis es in einem Augenblick vollkommen stockfinster um mich herum wurde. Ich tapste und hantelte mich weiter in diesem dunklen Raum voran und viele Male verletzte ich mich an Steinen und Ästen, die da herumlagen. Manchmal stolperte ich an den Bodenerhebungen oder lief direkt gegen Felsen, die mir, wie wenn sie ein Eigenleben entwickelt hätten, meinen Weg in die Dunkelheit säumten. Dabei war es völlig egal, ob ich meine Augen weit aufriss oder sie schloss, die Finsternis, die sich in dieser Höhle ergoss, glich einer undurchdringlichen schwarzen Masse.

Unendlich lang erschien mir der Abstieg, so, als fände dieser Erdenschlund kein Ende. In einem Moment, während ich wieder kurz die Augen öffnete, sah ich ein blass orangenes und kaum wahrnehmbares Licht aus der Ferne. Zum ersten Mal nach dem Abstieg in dieser schwarzen Höhle kam mir ein zartes Licht entgegen. Erkennbar an den Kanten der Felsen und Wänden der Höhle, die wie sanfte Linien das Licht aus der Ferne spiegelten.

Mit jedem Schritt wurde das Licht heller und stärker, sodass ich langsam Konturen in der Höhle erkennen konnte.

Schemenhaft erkannte ich, dass da vor mir eine große Biegung war und dass das Licht hinter dieser stärker sein musste. Der Teil, wo ich mich herausbewegte, war eingehüllt in Dunkelheit und doch drang das sanfte Licht zu meinem Gesicht und erhellte den Raum vor mir. Meine Augen füllten sich mit diesem Licht und ermöglichten mir gleichzeitig, das Umfeld um mich herum zu sehen.

Erst jetzt erkannte ich, dass der ganze Boden mit Knochen übersät war. Das, was ich die ganze Zeit in der Finsternis für Steine und Äste gehalten hatte, die der Regen hier rein spülte, waren Schädel und Knochen. Und rein gespült hatte diese hier kein Regen, sondern sie waren, so wie sie verstreut herumlagen, nur liegen gelassen worden. Ohnmacht und Panik wechselten den Ort meiner Empfindungen und mein Herz schien mir aus der Brust springen zu wollen. Irgendwer oder irgendetwas hatte das hier verursacht, schossen mir angsterfüllte Gedanken in den Kopf. War das die Höhle eines wilden Tieres, hatte ich Idiot den fatalen Fehler begangen und war in die Höhle eines Bären eingedrungen, welcher mich jetzt aus irgendeiner Ecke als Beute fixierte?

Ich wollte zu rennen beginnen und um mein Leben laufen. Nur das Wissen, dass ich wieder die vollkommene Dunkelheit, aus welcher ich gekommen war, durchschreiten müsse, hielt mich zurück. Wenn mich das Tier gewittert hat, ist die Dunkelheit das Letzte, was es davon abhalten würde, ebenfalls meine Knochen hier in dieser Höhle zu verteilen. Durch das Innehalten und das nicht panikartige Verlassen dieses Ortes kehrten langsam mit meinem Atem meine klaren Gedanken zurück.

Ich resümierte – wenn da vorne ein Licht war und dieser Ton, welcher beim Absteigen in die Höhle immer lauter wurde, dann konnte es sich hier nicht um ein Tier handeln, da Tiere Licht und Töne grundsätzlich mieden. Und selbst wenn es sich um ein wildes Tier handeln sollte, so wollte ich es hier, wo ich es sehen und erkennen konnte, erwarten. Hier hätte ich wenigstens einen Hauch einer Chance, es abzuwehren; in der Dunkelheit dagegen wäre ich dem Tier hilflos ausgeliefert. Im Licht, da wüsste ich wenigstens, wo es sich befindet, wie schnell es sich bewegt und welchen Abstand es zu mir hält. Ja, im Licht wüsste ich dann wenigstens, wo sich der Kopf und seine weichen und verletzlichen Körperteile befinden.

Mir war klar geworden, dass ich hier im eindeutigen Nachteil war. Ich kannte das Terrain nicht und das Tier könnte sich jeden Moment aus irgendeiner Ecke auf mich stürzen. Gleichzeitig spürte ich bei diesem Gedanken von Gefahr meine innere Bereitschaft zum Kampf und würde, wenn auch mit letzter Kraft, mit meinen Händen und Zähnen die Weichteile dieser Bestie suchen und dort alles zerfetzen, was ich zu erwischen vermochte.

Ich wusste, in diesem letzten Kampf, selbst wenn es mir den Rücken vollkommen aufreißen würde, würde es meine letzte Attacke nicht überleben. Was für ein Schicksal, dachte ich, das Letzte, was ich in meinem Leben sehen werde, sind die Genitalien einer hungrigen Wildkatze oder eines Bären. So abgefahren diese Gedanken klangen, brachten sie mich dennoch zum Lachen und dieses Lachen öffnete wieder einen Raum in meinen angespannten Lungen und ich bekam wieder Luft. Mein Lachen, so absurd es in dieser Situation war, gab mir wieder Halt und Mut. Mut, um mich wieder aufzurichten. Mut, um wieder nach vorne in Richtung des Lichts zu gehen. Mut, weil ich eine Strategie und einen Plan hatte, welcher nicht unbedingt von Erfolg gekrönt wäre, sondern vielmehr getragen von der inneren Genugtuung, es diesem Tier gezeigt zu haben.

Anderseits, dachte ich, vielleicht sind da vorne nach der Biegung nur andere Lebewesen und die Knochen hier liegen in einer Art Entsorgungshalle jener Tiere herum, die sie da draußen erlegt haben. Ich fasste mich wieder, ja, es können keine wilden Tiere sein, diese hätten mich schon längst erbeutet, es können nur Menschen wie ich da vorne sein. Das Einzige, was mich zum Rätseln brachte, war dieser nicht enden wollende, eigenartige Ton, der durch die ganze Höhle strömte. Angespannt, vorsichtig und jeden Schrittes bedacht, schritt ich einen Fuß vor dem anderen. Als ich die Biegung nahm, wurden die Wände glatter und der Raum gewann an Höhe. Vor mir entstand ein gewaltig großer Raum und eröffnete mir den Blick auf ein Gewölbe, welches mir nur den Vergleich mit einer großen Kathedrale zubilligte. Ich erblickte in der Mitte des Raumes einen großen Steintisch und kam langsam näher. An der gewölbten Decke hing, als würde er aus dieser heraus wachsen, ein großer Kristall. Der dieses bernsteinfarbene Licht ausstrahlte und den Raum unter sich in gleiche Farbe tauchte.

Ich kam näher, und als ich knapp vor diesem Steintisch stand, bemerkte ich, dass er mich mit seiner Form an einen Altar erinnerte. Ich sah mich um und stellte fest, dass es hier keine Schatten gab. Das Licht, welches von diesem Kristall ausging, hatte vielmehr die Qualität eines Lichtschimmers. Die Gleichmäßigkeit des Lichts, ließ keine Schatten zu.

Ich stand nah an dem Steinaltar und blickte die Wände an, die voll von verschiedensten Schriften, Zeichnungen und Symbolen waren. Zu meinem Erstaunen konnte ich kein weiteres menschliches Wesen hier erkennen. Ich war allein, es gab niemanden hier in diesem Raum. Ich stand da, gebannt in meinen Gedanken, der Verlorenheit preisgegeben und konnte dem Gedanken nichts entgegenbringen, außer nur der Leere des Raumes, welcher meine Nähe suchte.

Erst jetzt konnte ich den sanften, endlos erscheinenden Ton lokalisieren, welcher aus einem hohlen Stein austrat, der neben dem Altar lag. Ein kleines Loch in seiner Mitte verursachte den andauernden Ton, welcher sich offenbar durch die Zugluft ausbreitete. Ich beugte mich runter und hob den fußballgroßen Stein hoch und betrachtete seine Form. Dieser war, wie die Wände, mit Mustern und Symbolen versehen. Jetzt erkannte ich erst, dass das Loch in seiner Mitte auf der gegenüberliegenden Seite um ein Vielfaches größer war und sich spiralförmig in den Stein wölbte, so wie ein spiegelverkehrtes Schneckengehäuse. Die sonderbare Form des Steines zog regelrecht die Luft hinein und diese wurde zu einem Ton komprimiert, welcher auf der anderen Seite des Steines, aus dem kleineren Loch, austrat. Um den Stein genauer zu untersuchen, legte ich ihn auf den Steinaltar. Kaum hatte der Stein diesen berührt, wurde der Ton höher und lauter und selbst das Licht vom Kristall verstärkte sich im Raum. Erschrocken fuhr ich zurück und drehte mich schnell im Kreis, um festzustellen, ob dieses Ereignis etwas auf den Plan rief, was Lebensgefahr bedeutet hätte. Doch nichts rührte sich und noch weniger gab es Bewegungen im Raum, die mich Gefahr erkennen ließen. Ich entspannte mich und sah zu den Wänden rüber. Durch das stärkere Licht erkannte ich, dass es unterschiedliche Blöcke von Mustern und Symbolen an den Wänden gab.

Langsam ging ich die Wände ab und musterte die Zeichen, die sich darauf befanden. Ich durchschritt völlig gebannt die gesamte Höhle, und als ich auf die andere Seite ging, stockte mir den Atem. Ich erkannte, dass da Schriften eingraviert waren, die mir bekannt vorkamen. Voller Aufregung und in Eile schritt ich die restlichen glatten, mit Gravuren versehenen Wände ab, bis ich zu einem Schriftblock kam, welcher jener Sprache angehörte, die ich verstand. Vollkommen aufgelöst über dieses Ereignis, hier an diesem Ort etwas zu finden, was mir vertraut war, las ich hastig den Text an dieser Felswand: *Du bist auf Galoosan und das ist der Ort, an dem sich die Seele aller Menschen wieder findet. Das ist der Ort, wo der Krieger erwacht. Das ist der Ort, welcher dir deine Kraft zurückgibt. Das ist der Ort, wo das Verlorene zum Ursprung zurückkehrt. Das ist der Ort, wo die alten Wunden heilen und wo der Schläfer seine Bestimmung findet. Das ist der Ort, welcher dir deinen Platz in der Welt zeigt und dir offenbart, zu welchen Taten du fähig bist. Das ist auch der Ort deiner letzten Bewährung als Krieger. Du bist nur deshalb hier, weil für dich nirgendwo mehr ein Zuhause existiert. Du bist hier auf Galoosan, um deine letzte Reise anzutreten und nach dieser, nach Hause zu finden. Lege das Horn der Welt in die Mitte des Altars und lass Blut aus deinem Körper darüberrinnen, um das Wort des Kriegers zu hören.*

Ich stand da und las den Text viele Male, ohne zu verstehen, was er bedeuten könnte. Was für ein Horn der Welt sollte das sein? Ich blickte mich um, aber erkannte nichts Ähnliches, was mich an ein Horn erinnert hätte. Mit der Zeit wurden mir die Textblöcke und die Anordnung der Symbole klarer und verständlicher. Ich erkannte in diesen, dass sie in allen möglichen Sprachen geschrieben wurden und diese wiederum so vielfältig waren, dass sie mich unweigerlich an etwas Außerirdisches denken ließen. Sogar ägyptische Hieroglyphen erkannte ich auf einem der Blöcke, welcher im oberen Teil der Felswand stand.

Was ist das hier für ein sonderbarer Ort, fragte ich mich unentwegt. Und während ich so auf den Altar sah, verstand ich auf einmal, was mit dem Horn der Welt gemeint war. »Es ist der Stein«, sagte ich laut heraus und meine Stimme hallte aus der Tiefe der Höhle zu mir zurück. Mit wenigen Schritten, die ich fast sprang, erreichte ich den Steinaltar und hob den runden Stein hoch. Schlagartig verdunkelte sich wieder das Licht und der Ton wurde tiefer, bis er kaum hörbar war. Ich suchte den Steintisch ab und erkannte in der Mitte eine sanfte Mulde. Eine kleine Vertiefung, handtellergroß, mit einem kleinen Loch in der Mitte. Ich untersuchte daraufhin gleich den Stein und erkannte die passende Stelle an ihm, sodass ich ihn gleich darauf in die Mulde legte.

Und wieder erstrahlte der ganze Raum, diesmal in einem vollkommen hellen Licht, und der Ton fing wellenartig den Raum zu durchströmen an. Was jetzt, dachte ich und nach einer Weile, als nichts geschah, fiel mir wieder der Hinweis ein, mein Blut sollte darüberrinnen, damit ich das Wort des Kriegers hören könne. Zunächst versuchte ich, an den Kanten des Steintisches meine Arme blutig zu reiben. Doch der Schmerz durch die Reibung wurde dabei so groß, dass ich dieses Vorhaben wieder verwarf. Ich suchte den Boden nach einem passenden Stein ab und fand zu meiner Verwunderung gleich einen mit einer scharfen Kante. Ich ritzte mir unter großen Schmerzen zwei Stellen am linken Unterarm ein und gleich darauf floss mein Blut über den hohlen Stein.

Kaum war dies geschehen, fing der Stein sich zu drehen an und der Steinaltar schwebte langsam in die Höhe. Dabei erklang die sonderbarste Musik, die ich davor nie vernommen hatte. Und doch berührte sie mein Innerstes so, als hätte ich sie schon immer gekannt. Die Musik breitete sich im ganzen Raum und in der Höhle aus. Sie ging von dem Stein aus, prallte von den glatten Wänden ab und kam über den leuchtenden Kristall ins Zentrum, wo ich neben dem Altar stand, wieder zurück. Die Musik durchdrang und durchflutete mich, die ganze Höhle wurde zu einem einzigen Klangkörper und jeder kleinste Ton durchdrang den Raum, wo ich stand. Ich spürte die Musik in meinen ganzen Körper. Sie durchdrang meine Brust und sie durchströmte meinen Kopf. Ich bewegte mich nicht, stand da wie angewurzelt von dieser Musik, die mir so fremd und gleichzeitig so nah erschien, und konnte mich dieser Einflussnahme nicht erwehren.

Auf einmal spürte ich eine bewegende Kraft, die von dieser Musik ausging. Diese nahm materielle Form an, und als sie durch mich floss, spürte ich regelrecht den sanften Widerstand, welchen sie in mir beim Durchströmen verursachte. Sie floss mit

Leichtigkeit in mich hinein und sie floss wieder aus mir heraus. An all meinen Körperenden spürte ich, wie sie sich in den Raum ergoss und wie sie wieder an meiner Vorder- und Rückseite in den Körper eintrat.

Die Widerstände in mir explodierten zunächst wie aufgestaute Dämme und die frei werdenden Fluten wandelten sich langsam in ein sanftes Fließen. Mein ganzer Körper wurde zu Musik und verwandelte die Höhle in ein Meer von Tönen, die jeden Platz und jede kleine Ecke der Höhle füllten. Im nächsten Augenblick spürte ich, wie mein Körper emporgehoben wurde. Auf einmal schwebte ich im Raum und wurde sanft in eine kreisende Bewegung gebracht.

Ich stieg immer höher, immer weiter in die Höhe des Raumes, bis ich fast den Kristall berührte. Kurz vor der Berührung erstrahlte dieser in einem grellen Licht und für einen Augenblick verschlug es mir dabei den Atem. Meine Drehbewegung stoppte und ich blickte in den Kristall, welcher die Farbe des Schnees angenommen hatte. Sein Strahlen war so hell, dass meine Lunge den Gegendruck beim Einatmen spürte. Ich bekam Panik, da mein Atmen aus dem Rhythmus geriet. Ich war gezwungen flacher zu atmen. Zu flach, um die Gedanken zu ordnen, zu flach, um Sicherheit zu gewinnen, dass ich das auf Dauer aushalten könne. Der Druck auf meine Lungen wurde so gewaltig, dass er mich kaum atmen ließ.

Die Musik wurde lauter und durchdrang mich mit einer Leichtigkeit, welche mir das Gefühl vermittelte, dass mein ganzer Körper nur aus Wasser bestünde, durch welches jeder feste Körper mit Leichtigkeit eindränge. Ich starrte fassungslos in den riesigen, weißen Kristall, welcher nah an meinem Gesicht war, und kurz bevor ich glaubte, das Bewusstsein zu verlieren, sah ich eine Gestalt darin. Vielmehr eine Bewegung, die wie ein Schatten an meinen Augenrändern vorbeihuschte. Ich sah, angefacht durch diese schemenhafte Bewegung, genauer und schärfer in das Licht des Kristalls, bis mir die Augen wehtaten. Plötzlich war es da. Ein Wesen, eine undefinierbare Gestalt, erschien aus diesem Kristall.

Es sprach zu mir und seine Worte waren wie die vorhergehende Musik, die mich mühelos durchdrang und meinen Körper füllte. Gleichzeitig ließ der Druck auf meinen Lungen nach. Es sprach meinen Namen aus und wiederholte ihn nochmals, sodass ich fast taub vom Klang meines Namens wurde. Ich konnte nicht antworten, mein ganzer Körper war voll von den Klängen der Musik und nur mein Kopf nickte, da nur mein Kopf in der Lage war, dem Druck des Lichtes zu widerstehen.

Das Wesen kam näher und trotz der Nähe konnte ich seine Umrisse nicht genau erkennen, da das Licht, welches alles überstrahlte, seine Konturen überlagerte. Und wieder sprach es meinen Namen aus, in einer Art und Weise, die ich schon lange nicht mehr gehört hatte. Einen uralten Namen, welchen ich schon vergessen hatte, welchen ich schon lange zu Grabe getragen hatte. Und als es diesen aussprach, verursachte seine Bedeutung eine tiefe Wehmut in mir, die mich zu zerreißen drohte.

Der Name meines tiefsten Wesens, meiner Essenz des Lebens, welcher in den Wogen der Zeit nur verloren gegangen war. Ich bäumte mich mit letzter Kraft auf und schrie aus mir heraus: »Ja, das ist mein Name, das bin ich, welcher vor dir steht, was willst du von mir?« Kurz darauf sah ich, wie das Wesen nah zu mir kam, und seine Hand berührte die Stelle an meinem Körper, wo sich mein Herz befand. »Ich fordere dein Herz«, donnerte es in meinem Körper und im gleichen Augenblick durchflutete eine Energiewelle diesen und ließ ihn erzittern. Ich spürte die Kraft, die von seiner Hand ausging, die meinen ganzen Körper durchflutete und gleichzeitig alle Widerstände, die sich ihm entgegenwarfen, auflöste.

Ich schrie vor Schmerzen, welche sich in meiner Brust wellenartig lösten, so wie nach einem Krampf, wenn der Schmerz seinen Ausgang aus dem Körper suchte. Es waren Schmerzen des Lebens, die sich verkrustet zu Lawinen gebildet hatten und die um jeden Millimeter in meinem Körper gegen ihre Auslöschung kämpften. Und wieder hörte ich diese durchdringende Stimme des Wesens, welche die letzten Ecken meines Körpers erreichte. »Ich fordere dein Herz«, sagte es. »Dein Herz des Kriegers und du kannst es mir nur dadurch geben, indem du es lebst. Es ist an der Zeit«, dabei drückte es seine Hand fester in meine Brust und ich spürte, wie es nach meinem Herz griff.

Ich schrie all den Schmerz der Zeit heraus und ich schrie alle meine Schwächen und Ängste, die da in mir verankert waren, in den endlosen Raum hinaus. Und während ich versuchte, mich geistig zu fassen, bevor sich mein Geist hilflos ergoss, hörte ich wieder das Wesen zu mir sagen: »So kannst du aber nicht beginnen, so kann niemand beginnen«, und ehe ich mich versah, ergriff es meine Hände und riss mich in zwei Teile. Dann fasste es blitzschnell meine Füße und riss diese entzwei. Im gleichen Moment sprang es wie ein Raubvogel zu meinem Körper, welcher in dem Raum hing, und mit einer blitzschnellen Bewegung zerriss es meinen Rumpf vom Oberkörper, dabei zerteilte es die letzten Stücke meines Körpers.

Ich war wie gelähmt, ich war fassungslos und konnte dem nichts entgegenhalten und musste betäubt zulassen, dass es mich in die kleinsten Teile zerriss. Ich wollte gegen diese Vernichtung, die mit der Gewalt eines Gewittersturms über mich hereinbrach, ankämpfen und doch war da eine leise und kaum wahrnehmbare Stimme in mir, die mir sagte: »Wenn du nicht so wie das Meer der Knochenhaufen in dieser Höhle enden willst, dann lass jetzt endlich los.«

Und »Lass los« war der letzte verblassende Gedanke in mir, während das Wesen das letzte Fleisch von meinen Knochen schabte. »Lass los« war der entstehende Augenblick, welcher mich meine körperlich geistige Zerfleischung, aus einer distanzierten Entfernung betrachten ließ. Das Loslassen bewirkte, dass ich mich beim Höhleneingang wiederfand und dort als jenes Wesen erwachte, welches ich, seit Anbeginn der Zeit schon immer war.

Ich lag da, am nassen Stein, und mein Gesicht war dem Boden zugewandt. Ich hob meinen Kopf, erkannte den Rand der Höhle und den Wind, der da draußen tobte. Ich richtete mich langsam auf, hielt mich an einer Felswand fest und erkannte, dass ich vollkommen nackt war. Ich erinnerte mich schemenhaft an die Ereignisse in der Höhle und die Szenen richteten meinen Körper wieder auf. Was war das für ein Wesen, welches ich da erblickte, und war es so, dass ich in Stücke zerfetzt wurde?

Meine Gedanken wurden durch ein brüllendes Geräusch unterbrochen. Ich blickte nach vorne und sah voller Grauen, dass am Höhleneingang ein Grizzlybär stand, welcher seinen Unmut über meine Präsenz zum Ausdruck brachte. Meine Nackenhaare richteten sich auf und mein ganzer Körper verkrampfte sich wie zu einem Stein. Der Grizzlybär richtete sich auf und kam mir schwingend entgegen. Ich wusste, dass es jetzt endgültig aus war, mein Leben war vorbei und nur ein Herzinfarkt oder Altersschwäche konnten dieser rohen, unbändigen Tiergewalt Einhalt gebieten.

Ich stand kurz davor, von meinem Leben Abschied zu nehmen, doch etwas veränderte sich in mir. Begleitet von innerlichem Weinen erwachte die Kampfbereitschaft in mir. Es war wie eine Welle, die das Weinen in mir überrollte. Es kam aus meinem Inneren und drückte sanft auf meinen Kehlkopf. In diesem Moment wusste ich, dass es kein Weglaufen für mich mehr gab, sondern nur Kampf und Tod, welche aus diesem Tier zu mir herüberbrüllten.

Trotz drohender Gefahr wurde ich durch einen sonderbaren Gedanken, welcher Angst und Gleichgültigkeit gleichermaßen ausstrahlte, durchströmt und suchte gleich darauf nach Möglichkeiten, dieser Urgewalt entgegenzutreten. Ich sah zu Boden und erkannte zwei Steine. Einer war länglich, leicht mit

Moos bewachsen und auf einer Seite spitz zulaufend. Er hatte eine scharfe, abgesplitterte Kante und der andere war rund und größer. Meine Furcht ließ mir keine Zeit weiterzusuchen und ich hob schnell beide Steine auf. Ich hob den Kopf und sah, dass der Bär zu nah an mich herangekommen war und mit seinen Krallen nach mir schlug. Reflexartig, einer inneren Bewegung folgend, schlug ich mit aller Kraft die beiden Steine auf seiner gestreckten Pranke zusammen. Selbst überrascht über meine Handlung und das Timing, durchstieß ich mit dem spitzen Stein seine linke Pranke. Der Bär brüllte auf und zog rasant seine Pranke zurück. Ich hielt dabei den spitzen Stein fest, sodass ich ihm, durch seine ruckartige Bewegung, nach vorne entgegentaumelte.

Der Bär wich ein paar Schritte zurück, kam wieder auf allen vieren zum Stehen. Ich erkannte seine Überraschung in den Augen und seinen Schmerz, welcher sich von seiner Pranke ausbreitete. Ich warf daraufhin den größeren Stein auf seine Schnauze, und ohne den Treffer abzuwarten, beugte ich mich runter und hob den nächsten Stein auf. Das neuerlich schmerzliche Aufbrüllen des Bären erfüllte mich mit Zuversicht, ihn wieder getroffen zu haben. Das gab mir in diesem Moment, wo ich ihn dadurch zurückweichen sah, Kraft, so, als würde ein Teil seiner Kraft auf mich übergehen. Eine sonderbare Gleichgültigkeit durchfloss auf einmal meinen Körper und eine Gewissheit machte sich in mir breit, welche mir signalisierte, dass jetzt nur das Töten ein Vorrecht auf alle meine Handlungen hat.

Ich richtete mich wieder auf und dabei erkannte ich, dass es sich um ein männliches Tier handelte. Als es sich in einem Moment wieder auf mich stürzen wollte, sprang ich geduckt nach vorne zu seinen Lenden und schlug dort mit beiden Steinen und mit aller Kraft, die ich aufbringen konnte, auf seine Genitalien wie ein Verrückter ein. Ich spürte sein Gewicht, als es meinen Körper runter auf den Felsboden drückte. Ich spürte, wie in einen tauben Zustand versetzt, seine Krallen an meinem Rücken und wie seine Zähne, trotz der Schmerzen, die sie verursachten, eine sonderbare Kühle am Rücken hinterließen. Ich sah nur die Hoden des Bären vor mir und schlug wie besinnungslos mit dem spitzen Stein auf diese ein.

Der Bär umarmte meinen Rumpf und zog mich in die Höhe, um mich von dieser Stelle wegzubekommen. Ich griff panikartig mit beiden Händen nach seinem Bauchfell und zog mich nochmals mit letzter Kraft runter. Als er mich wieder kräftig hochzog, griff ich mit beiden Händen nach seinen Hoden und zog diese mit. Im nächsten Augenblick spürte ich wieder das Gewicht des Bären, welches über mich kam und mich mit aller Gewalt zu Boden drückte. Panikartig, seine Krallen erwartend, dass er mir mit diesen wieder den Rücken aufriss, ertastete ich den einen spitzen Stein, welcher neben meinem Gesicht lag. Ich bemerkte nicht mehr, dass sich der Bär gar nicht mehr rührte. Ich wälzte ich mich unter seinem Körpergewicht, bis ich mich aus seiner Umklammerung befreien konnte.

Ich stand schreiend auf. Den Stein in meiner Hand krampfhaft haltend, und schlug immer wieder, mit letzter Verzweiflung auf seinen Schädel ein. In einem Moment erkannte ich, dass sich der Bär nicht mehr rührte. Trotzdem ließ mich meine Angst vor diesem Riesenungetüm nicht los und ich zertrümmerte seinen Schädel bis zur Unkenntlichkeit. Ich weiß nicht mehr wann, ließ ich doch von ihm los und fiel entkräftet über ihm zusammen.

Als ich die Augen wieder öffnete, umströmte der graue Schimmer der kalten Außenwelt mein Gesicht und einige Schneeflocken tanzten auf meiner Nase herum. Ich saß da, auf den eisigen Steinen, und der Bär, welcher mich immer noch um die Hüften umarmt hielt, lag tot vor mir. Ich starrte ungläubig auf sein zertrümmertes Gesicht. Wartete auf die leiseste Regung, wo die Bestie die Augen öffnen und mich anfallen würde. Langsam und immer wieder mit meiner Angst ringend, erkannte ich, dass der Bär endlich tot war. Ein Glücksgefühl durchströmte meinen Körper, als ich verstand, dass ich dieses gewaltige Tier alleine und nur mit zwei Steinen zur Strecke gebracht hatte.

Doch nach einer Weile endete das Glücksgefühl, überlebt zu haben. Als ich das Tier so liegen sah und wie es mich dabei umarmte, konnte ich meiner innerlichen Regung nicht widerstehen. Trauer füllte meine Augen mit Tränen. Gefühle überschlugen und übermannten mich, als ich dieses pelzige Wesen sah, welches mir jetzt fast putzig erschien und mich so umarmt hielt, als hätte es im Augenblick seines Todes einen lieben Verwandten umarmt. Mein Blick verschwamm, als die Tränen, den Ausgang über meine Augen suchten und dabei jenen Schmerz meiner Brust mittrugen, der mich unweigerlich wie ein Tier aufheulen ließ. Noch nie hatte ich diesen schmerzlichen Klang aus meiner Kehle vernommen. Ich trauerte um das Leben dieses mächtigen Tieres, welches mich vor einigen Augenblicken fast zerfleischt hätte. Ich empfand tiefste Demut vor dieser Größe und Kraft, welche leider nur getötet werden konnte, damit ich lebte. Ein unendlich tiefer Schmerz der Verbundenheit durchströmte mich und die Gewissheit, ein Leben ausgelöscht zu haben - durchstach meine Seele.

Ich schwor mir, alles zu tun, dass so etwas nicht mehr geschah. Das, was ich zu diesem Zeitpunkt nicht wusste, war, dass genau das Jagen und das Erlegen von Beutetieren ein wesentlicher Bestandteil meiner Existenz auf diesem Ort sein würden. Ohne dass ich es vorher jemals getan oder nur ansatzweise versucht hätte, schneiderte ich mir aus dem Bärenfell, mit ein paar spitzen Steinen einen Umhang mit Hosen. Welche mich vor Kälte schützten. Um wieder Kraft zu tanken, aß ich das Bärenfleisch roh, da zum Feuermachen in dieser Eiseskälte nichts vorhanden war. Ich war erstaunt, als ich sein Fett aß, dass es sogar salzig schmeckte.

Meine Wunden am Rücken waren verheilt, als ich den Weg aus der Höhlenmündung antrat. Den Bärenkopf hatte ich mir als Schutzhelm ausgehöhlt und das Fell war so dick, dass ich kaum Kälte, trotz der tobenden Stürme, spürte. Mein Schuhwerk bestand aus den Pfoten des Bären, die ich mir umgebunden hatte, und diese hielten alle spitzen Steine von meinen Sohlen fern. Seine Pranken verwendete ich als eine Art Handschuh, und gleichzeitig als Waffe gegenüber anderen Tieren, denen ich hier begegnen würde.

Erst jetzt verstand ich den unermesslichen Wert seiner Existenz in dieser endlos erscheinenden Eiswüste und dankte nochmals innig für seine Gaben an mich. Das also war Galoosan, dachte ich, der textlichen Erinnerung aus der Höhle folgend. Und während ich in die endlos erscheinende Eiswüste hinausblickte, fragte ich mich unaufhörlich, was ich hier mache, in diesem endlosen Raum, welcher außer Kälte und Gefahr für mich nichts anderes bot.

Ich wanderte wieder tagelang herum, überquerte gefrorene Seen und Flüsse sowie vereiste und schroffe Felsen und jedes Mal, als ich glaubte, jemanden von Weitem zu erblicken, stellte es sich im Nachhinein als Sinnestäuschung heraus. Ich dachte oft über die Ereignisse in dieser Höhle nach und wusste mir keinen wirklichen Reim darauf. Als ich einmal den Entschluss fasste, zu dieser wieder zurückzukehren, fand ich nie wieder den Weg dorthin.

Irgendwann erschienen mir die Erlebnisse in der Höhle wie eine schemenhafte Erinnerung an etwas, was vielmehr der Fantasie als dem Erlebten entsprach. Alle Gedanken verschwanden wieder, so, als hätten sie keinen Anspruch aufs Leben. Nur der Augenblick, in welchem ich mich zurzeit befand, brannte in mir wie ein Feuer des Bewusstseins und ließ mir keinen Augenblick Zeit, in der Vergangenheit oder Zukunft zu verweilen.

Die Leere in mir, die daraus folgte, eröffnete mir einen Raum der Betrachtung, welchen ich als unendlich erlebte. Jedes Ereignis und auch jede noch so kleine Bewegung am Horizont explodierte regelrecht in meiner Wahrnehmung und öffnete mir den Blick auf die wahre Natur dieser Erscheinungen. Sogar meine leisesten Gedanken explodierten in dieser Leere und breiteten sich wie Posaunenklänge in meinem ganzen Körper aus.

Es war die Leere, die mir dabei half, die Fülle des Momentes zu erfahren. Ich verstand, dass all mein Wissen und all meine geistigen Errungenschaften hier, an diesem Ort der Gefahren, keine Bedeutung hatten, sondern vielmehr als todbringende Hindernisse zwischen mir und den Gefahren standen. Der Tod kommt mit den Überlegungen, das wurde mir in vielen Kämpfen klar, da sie mich in Momenten der Gefahr blind machten und ich nicht mehr erkennen konnte, aus welcher Richtung dieser nahte.

Ich erlegte in der Zwischenzeit einen Bären und zwei Wölfe, die mir zu nahegekommen waren. Und jedes Mal war es die Leere in meinem Kopf, die mich in den entscheidenden Momenten zwischen Tod und Leben vor der Auslöschung bewahrte. Die Kälte an diesem Ort zwang mich, in ständiger Bewegung zu bleiben, um nicht eines Tages in einer vom Wind geschützten Mulde zu erfrieren. Ich wurde zu einem Reisenden und die Kälte zu einem Teil meiner selbst.

Meine Sinne wurden mit der Zeit hellwach und geschärft. Ich empfand keine Kälte mehr, da ich lernte, mich in ihr zu entspannen und loszulassen, wodurch mich diese durchströmte, ohne mich zu erfrieren. Und was den Kampf mit wilden Tieren anging, so hatte ich derer viele hinter mir. Sodass eine neue Begegnung mit einem Tier keine Panik mehr auslöste, sondern mich vielmehr dazu motivierte, aus der inneren Ruhe heraus eine neue Strategie auszuprobieren - die beide am Leben ließ.

In letzter Zeit häuften sich ähnliche Gedanken in mir und ich ertappte mich öfters dabei, darüber nachzudenken, keinen Kampf mit Tieren mehr einzugehen. Ich sah sie als Ebenbürtige und einzige Lebewesen, so wie ich eines war, welche in dieser eisigen Einöde versuchten zu überleben. Eines Tages verschwand sogar der letzte Gedanke in mir, mich mit einem menschlichen Wesen zu vergleichen. Die darauffolgende Begegnung mit einem Schneeleoparden bestätigte meine innerliche Wandlung.

Beim Anpirschen an mich blickte er mir in die Augen und erkannte dabei, dass die Kälte in mir größer war als der Schnee, auf welchem er sich bewegte, und jeder Angriff nur seinen Tod forderte. Er ließ kurz darauf von mir als Beute ab, richtete sich aus seiner anpirschenden Position auf und kam in einer vorsichtigen, aber dennoch neugierigen Haltung an mich heran. Vorsichtig und jeder die plötzliche Attacke des anderen erwartend, kamen wir uns näher. Millionen von Gedanken schossen mir durch den Kopf, war das eine Anpirschtaktik, die ihm erlaubte, mein Vertrauen bis zu dem Moment auszunützen, wo er mir mit einem einzigen, blitzschnellen Prankenhieb die Kehle zerfetzen konnte? Sah so der Tod aus, welcher mit graziösen und ästhetischen Bewegungen mein Bewusstsein umschmeichelte, damit es schnell gehen und ich nichts dabei spüren würde? Gebannt von seinem ästhetischen Verhalten und fast schon den Tod leidenschaftlich herbeisehnend, ließ ich vollkommen los.

Unsere Blicke berührten sich wieder und ich sah die Nähe und Verbundenheit, die unsere beiden Körper durchströmte.

Vorsichtig zog ich meine Bärentatze von meiner rechten Hand ab und reichte ihm den nackten Handrücken entgegen. Ich beobachtete, wie er sich in seiner Katzenhaftigkeit langsam mit dem Bauch auf den Boden legte und vorsichtig die letzten Zentimeter zu meiner Hand kroch, die seine Nähe suchte.

Der Schneeleopard schnüffelte vorsichtig daran und im nächsten Moment leckte er meinen Handrücken ab. Glücksgefühle und berauschende Emotionen schrien endlos durch meinen Körper, so, als würde die Zunge des Tieres all seine Liebe und Zuneigung und den endlosen Einklang zweier verlorener Wesen über diese übertragen und in meinem Körper zum Explodieren bringen. Es war wie ein Rausch der Lust, welcher kein Ende finden konnte, etwas Überwältigendes, was ich in dieser Intensität niemals empfunden hatte.

Ich kam vorsichtig näher und überwand nochmals den neu entstandenen Widerstand in mir, sich der trügerischen Angst zu ergeben, dass das alles nur einer strategischen Falle des Raubtiers diente. Kaum hatte meine linke Hand seinen Schädel berührt, veränderte sich sein Verhalten und glich jenem, wie es bei allen Katzen der Fall war, wenn sie sich gegenseitig umschmeichelten. Ich umarmte ihn und der Schneeleopard schloss seine Pranken um mich, ich spürte seine Zunge an meinem Hals, doch da war keine Angst mehr in mir. Es war Freude, gepaart mit einem leidenschaftlichen Gefühl des Loslassens und der Selbstaufgabe, so ganz kurz davor, bevor du bewusst in den Tod gehst. Bei der Berührung seiner Brust an meiner spürte ich unsere beiden Herzen, die vor lauter Aufregung dem Rhythmus unserer Begegnung folgten.

Wir wälzten uns im Schnee und tollten herum vor Freude, endlich jemanden gefunden zu haben, welcher nicht unseren Tod forderte. Ich lief ihm nach und warf Schneebälle nach ihm, danach flüchtete ich wieder und er sprang mich von hinten an und warf mich zu Boden, worauf wir uns wieder im Schnee herumwälzten. Ab diesem Zeitpunkt waren wir nicht mehr alleine. Wir teilten den Tag und die Wanderschaft miteinander und an manchen Tagen jagten wir sogar zusammen. Der Schneeleopard wurde mein stetiger Begleiter und das einzige Wesen an diesem eisigen Ort, welches mich davor bewahrte, mich für immer zu verlieren. Ich erkannte in diesem Tier meinen Wunsch zu leben und das wir trotz des Artenunterschiedes in der Zuneigung und Verbundenheit doch ähnlich waren.

Als wir eines Tages zusammen ein Rentier jagten, verschwand der Schneeleopard spurlos. Ich suchte ihn tage- und nächtelang und konnte ihn nicht finden. Dabei schleppte ich das Fleisch von dem erlegten Rentier ständig mit mir herum in der Hoffnung, bald auf ihn zu stoßen und mit ihm diese Beute zu teilen. Doch die Tage wechselten die Nächte und diese wiederum ergossen sich in diesem schimmernden Licht und nahmen mir die letzte Hoffnung, dass ich dieses Tier, nein, diesen Freund und Seelenverwandten, jemals wiederfinden würde. Ich trauerte um ihn eine Ewigkeit, die kein Ende fand. Manchmal erschien es mir freudig so, als hätte ich etwas von ihm in der Ferne gesehen, nur beim Näherkommen erkannte ich bitterlich, dass es nur meine Täuschung war und mir dieses vertraute Wesen für immer in die Ferne entrückte.

Eines Tages überschritt ich einen vereisten Bergpass und sah im darunterliegenden Tal Rentiere im Schnee mit den Hufen graben. Es waren so an die zwanzig Tiere, die, um sich geschart, sich gegenseitig wärmten und dabei nach Futter suchten. Ich legte mich flach auf den Boden, um sie nicht zu erschrecken. Langsam hob ich meinen Kopf und versuchte, das Alphatier unter ihnen auszumachen.

Im Laufe der vielen Jagden hatte ich gelernt, dass es nicht vorteilhaft war, eine Herde anzugreifen, ohne die von ihr ausgehende Gefahr, durch das Leittier, zu erkennen. Es erforderte jedes Mal größte Selbstdisziplin von mir, um nicht zu einem falschen Zeitpunkt loszustürmen und der innerlichen Aufregung, welche mein Herz auf das Jagdtempo einstimmte, zu widerstehen. Nicht blind loszustürmen, weil man Hunger hatte, oder das nächstbeste Tier anzufallen, weil es da stand. Dabei nicht zu beachten, dass die Hörner des Leittieres, welche mich in meiner Unaufmerksamkeit aufspießen würden, durch diese Neigung begünstigt war.

Ich lernte beim und durch das Jagen, dass die innere Disziplin bei uns Menschen unter großen Mühen erworben werden musste. Sie war nicht ein Bestandteil unseres Wesens, so wie bei meinem Freund, dem Schneeleoparden. Sein Abwiegen, Abwarten und Losstürmen war wie ein perfekt laufendes Uhrwerk, welches ihn punktgenau an den Ort brachte, welcher den Weg des Wildes kreuzte. Er hatte für mich das perfekte Timing und die Kraft, die ihn befähigte, immer zur rechten Zeit am rechten Ort zu sein. Keinen Augenblick zu früh oder keinen

Augenblick zu spät loszustürmen und die Beute genau dort anzutreffen, wo er sie beabsichtigt hatte.

Langsam kam ich der Herde näher, der kalte Wind blies mir aus ihrer Richtung ins Gesicht und ich wusste, dass sie meiner Annäherung gegenüber blind waren. Ich robbte langsam zu einem kleinen Felsen, welcher sich mir in der eisigen Landschaft als Sichtschutz anbot. Ich hob nicht gleich den Kopf über diesen, sondern blieb unten am Boden und wartete, meinem Gefühl folgend, die weiteren Augenblicke ab. Ich hatte gelernt, dass meine Bewegung, gepaart mit meiner Absicht, immer erkennbare Schwingungen und Muster in der Umgebung hinterließ, die mich für das Wild erkennbar machten. Das Schnauben ihrer Schnauzen und das Knirschen ihrer Beine waren nah zu hören und signalisierten mir, dass sie in meine Richtung kamen. Jedes ruckartige Ausatmen der Tiere versetzte mich, wie ein Stromstoß, in eine Art Ausnahmezustand. Ich spürte regelrecht ihre Nähe und sogar den Abstand, welchen sie zu mir einnahmen. Und wie so oft musste ich mit aller Kraft gegen meine ständige Angst ankämpfen, die meine errungenen Jagdfähigkeiten wie ein offener Krug zu verschütten drohte.

Es war jedes Mal eine Art Unsicherheit in mir, die mich dabei bremste, einen klaren Entschluss zum Angriff zu fassen. Ich hatte Heidenangst, da ich wusste, dass jede falsche Handlung nur mit meinem Tod enden konnte. Doch in diesen immer wiederkehrenden Kämpfen, die nicht nur mit den Wildtieren stattfanden, sondern tief in mir drinnen, erkannte ich, dass meine Angst um ein Vielfaches facettenreicher war. So erlangte ich im Laufe der Zeit zwei Erkenntnisse zu meinen Ängsten. Die eine

Angst, die mich immer vor dem Tode oder körperlicher Verstümmlung bewahrte, und die andere, welche mich nur einengte, bremste und langsamer in jeder meiner Handlungen und Gedanken machte.

Jetzt erst wurde mir die Tragweite des alleinigen Jagens bewusst, jetzt, wo ich hier nah am Wild am Boden lag und auf den richtigen Moment wartete. Ich erinnerte mich, wie leicht es doch mit meinem Freund, dem Schneeleoparden, gewesen war. Wir pirschten uns gemeinsam an die Beute heran, und wenn wir zuschlugen, hatte zwar jeder seine eigene Strategie, das Wild zu erlegen und doch gab es kaum unnötige Überschneidungen des Angriffs, sondern eine vollkommene Ergänzung des anderen Jägers. Es war ein Wechselspiel der Empfindungen während der Jagd, welches harmonisch in unseren Absichten floss, und wie von einem unsichtbaren Band geführt, schlugen wir aus unterschiedlichen Richtungen fast zeitgleich zu.

Langsam hob ich wieder den Kopf über den Felsen und blickte auf die kleine Herde, die bereits nah bei mir stand und im Schnee nach trockenen Gräsern und Wurzeln grub. Bei der Suche nach dem Leittier erkannte ich erst jetzt, dass alle Tiere ein Geweih hatten. Zunächst erschrak ich, da ich glaubte, dass es sich hier um eine rein männliche Herde handelte; musste jedoch meine Meinung darüber ändern, als ich langsam den Unterschied der verschiedenen Körpergrößen und Geweihe begriff. Dass die weiblichen Rentiere ein Geweih hatten, jedoch diese nicht die Größe und die Gefährlichkeit der männlichen Tiere besaßen. Die Geweihe der männlichen Tiere waren spitzer, größer und um einiges bedrohlicher als die der weiblichen.

Langsam machte ich in dieser Gruppe zwei Leittiere aus, die sich mit ihren Kühen hier zu einer größeren Herde gebildet hatten. Diese Erkenntnis ließ mich zögern, denn ich hatte bis zu diesem Zeitpunkt keine Erfahrung in der Jagd, in der eine Herde von zwei Leittieren beschützt wurde.

Ich wusste nicht, wie das andere Leittier reagieren würde, wenn ich das erste verscheuchte. Würde es bei der Herde bleiben, diese schützen und auf Kampf gehen? Oder würde es dem anderen Leittier gleichtun und angsterfüllt flüchten, dabei die restliche Herde mit sich führend? Ich nahm einen handtellergroßen Stein aus meinem Lederbeutel, welchen ich immer mitführte und legte ihn in das Lederband, welches ich mir zu einer Art Steinschleuder zurechtgeschnitten hatte.

Die Aufregung in mir wurde immer größer. Ich fixierte die beiden Leittiere abwechselnd. Ich sah rüber zu den anderen Rentieren; ich erkannte die Jungtiere neben ihnen. Ich sah die beiden herumstolzierenden Bullen und ich sah ihre Kraft und Beweglichkeit, die der Kälte problemlos trotzten. Meine Betrachtung änderte sich schlagartig in eine Breitbandaufnahme. Auf einmal sah ich alle Tiere in ihren Bewegungen und doch blickte ich keines fix an. Ich erkannte ihre Gesamtbewegung, die sich wie eine einzelne Masse auf und ab bewegte. In dieser Bewegung erkannte ich die Stelle, wo sich die Gruppe teilte und wieder zusammenschloss, und ich erkannte den Zeitpunkt meines Handelns.

Meine Ohren bekamen einen sanften Druck, mein Kinn rastete sonderbar in meinen Gaumen ein und eine unbeirrbare Zuversicht überströmte meinen Körper. Ich erhob mich aus dem Versteck und meine Steinschleuder erreichte ihre ersten, umdrehenden Pfeiftöne, die die Luft zerschnitten. Die Rentiere hoben ihre Köpfe und blickten in meine Richtung, als bereits der Stein den Hals des ersten Leitbullen traf.

Panik brach unter der Herde aus und das getroffene Leittier rannte besinnungslos davon. In seiner fluchtartigen Bewegung war keine Kampfbereitschaft zu erkennen und selbst der zweite Bulle folgte ihm mit hastigen Schritten, um der gefahrvollen Situation zu entfliehen. Er wusste nicht, was passiert war. Sein Rivale ergriff die Flucht, also musste es einen Grund haben, um ihm instinktiv zu folgen.

Die restlichen Rentiere bewegten sich schnell durcheinander und einige rannten den beiden Bullen nach. Nachdem beide Leitbullen nichts zu ihrer Verteidigung und Gegenwehr beigetragen hatten, lag für sie die einzige Überlebensgarantie in ihrer Flucht. Während sich die ganze Herde in Bewegung setzte und langsam das Tempo erhöhte, fixierte ich zwei Jungtiere, die etwas unentschlossen dastanden und nicht genau wussten was geschah und in welche Richtung sie rennen sollten. Das war meine Chance und das neuerliche Pfeifen meiner Steinschleuder verriet mir meine nächste Treffsicherheit.

Als der Stein eines der Jungtiere am Kopf traf, sackte es zunächst auf seine Vorderbeine zusammen, und während es benommen kniete, sprang ich um den Felsen herum und lief durch die fliehende Menge zu ihm. Bevor es den Kopf heben konnte, schlug ich mit meiner Steinaxt zu.

Kaum hatte ich den letzten Kraftakt zu diesem Selbsterhaltungsprozess abgeschlossen, vernahm ich eine Stimme in mir. Sie klang wie mein eigener Gedanke und doch war etwas anderes präsent in mir. Es begann wie ein Flüstern aus der Ferne und wurde immer lauter. Es sagte: »Du hast genommen, du musst auch geben, das ist das Gesetz des Nehmens, und wenn du einmal gibst, dann musst du auch nehmen. Das ist das Gesetz des Gebens.« Ich stand da, über das Tier gebeugt, und glaubte, zunächst die Stimme aus diesem zu empfangen.

»Wer bist du?«, schrie ich erschrocken zu diesem hinunter. »Was willst du mir damit sagen?« Und wieder sprach die Stimme, diesmal klarer und verständlicher, und ich hatte das Gefühl, dass sie oberhalb meiner Schädeldecke entstände. »Ich bin du«, sagte die Stimme. »Seit dem Erwachen unter dem Kristall war ich immer bei dir. Ich war die Stimme, die dir sagte, dass du jetzt loslassen musst, um nicht vernichtet zu werden. Seit dem Ereignis am Höhleneingang begleite ich dich die ganze Zeit. Ich war es, der dich führte, als der Bär angriff; ich war es, welcher dich den Schneeleoparden näherbrachte; ich war es, der dich vorhin hinter dem Felsen den richtigen Moment abwarten ließ. Deshalb freue und leide ich mit dir. Deshalb schlafe und wache ich mit dir. Deshalb kämpfe und ruhe ich mit dir. Ich bin von dir nicht zu trennen, da ich eins bin mit dir, und doch komme ich dir zu Hilfe, in den Augenblicken, wo du beabsichtigst deine innere Kraft zu verraten.« »Wer bist du?«, sprach ich geistesabwesend zu meinen eigenen Gedanken, die sich so verhielten, als hätten sie eine Art Eigenleben entwickelt. »Ich bin dein innerer Krieger; ich bin der Meister, welchen du so oft im

Außen gesucht hast, und ich bin die Antwort in den entscheidenden Momenten deines Lebens auf jene Frage, die du allen anderen gestellt hast, nur nicht dir selbst. Ich bin die bewegende Kraft in den Augenblicken, kurz bevor du das Scheitern umarmst, und ich bin dann zur Stelle, wenn dich nicht nur alle anderen verlassen haben, sondern sogar du dich selbst.«

Ich glaubte, vollkommen verrückt geworden zu sein an diesem verdammt unmenschlichen Ort. War die Kälte in mir so weit vorgedrungen, hatte sie die letzte Barriere zu meinem Gehirn genommen, dass sich sogar meine eigenen Gedanken von mir selbst distanziert hatten? War das der Übergang vom Leben in den Tod, waren das die ersten Anzeichen dafür, dass mein Hirn in dieser endlosen Eiswüste sich von mir verabschiedete?

Ich stand mit meinen ganzen Fragen kurz vor einem Nervenzusammenbruch. Eine innere Stimme, die ständig zu mir sprach, war zu viel. Meine Blicke wanderten Hilfe suchend zwischen dem toten Tier und der felsigen Landschaft. Aber da war nichts, was mir in diesem Moment helfen konnte. Der kalte Wind pfiff mir die Eiskristalle ins Gesicht und die Eiswüste um mich herum schrie mich mit aller Gewalt an. Hilflos dem Eigenleben meiner eigenen Gedanken überlassen stand ich da, die Steinaxt fiel mir aus der Hand und ich fing zu weinen an.

Und wieder sprach die Stimme in mir. »Lass dein Selbstmitleid ruhen, umarme den Ausgleich mit dem Tod, damit du kraftvoll weiterleben kannst.« Ich verstand die Worte zunächst nicht. Doch dann fühlte ich eine Gewissheit in mir hochsteigen, die mir zwar kein direktes Wissen und Verständnis vermittelte, sondern mich vielmehr aus ihrer Bewegung heraus sanft lenkte. Geführt, kniete ich mich zu diesem Tier runter und nahm seinen Kopf in meinen Schoß. Hielt diesen fest in meinen Händen. Während ich in der Ferne der fliehenden Herde nachsah, die mit ihren Hufen den Schnee dermaßen aufwirbelte, dass sie mir wie in einen Nebel getaucht vorkam, spürte ich tiefe Dankbarkeit und gleichzeitige Trauer in meinen Herzen. »Es war an der Zeit zu überleben«, sagte die Stimme. »Und es war an der Zeit, dass ein anderer den Preis dafür bezahlte.« Ich streichelte den Kopf des Tieres und sprach zu ihm, dass es jetzt an einen Ort gehe, wo es saftige Wiesen gebe und die Sonne scheine. Ich dagegen müsse hier ausharren und weiterkämpfen, bis eines Tages ich dafür sorgen würde, dass jemand anderer sein Überleben mit dem Preis meines Lebens sichern könne. Und obwohl ich nicht wusste, wann dieser Augenblick kommen würde, so sicherte ich ihm zu, meinem Gefühl folgend, dass ich jetzt dazu bereit sei und damit sein jetziger Tod den Kreis mit meinem Leben schließe. Kaum hatte ich das ausgesprochen, hörte ich die Stimme in mir sagen: »Die Kraft folgt der Ausrichtung und die Zeit wird kommen, wo du das Gesetz des Nehmens einlösen wirst.«

Im selben Moment spürte ich, wie etwas aus der Erde nach mir griff. Ausgehend von den Füßen über die Beine, die Hüften, den Bauch und die Brust bis hinauf zum Kopf. Eine sanfte, lebendige Kühle mit abwechselnder Wärmebildung beim Erreichen mancher Stellen in meinem Körper floss in mir hoch. Es war nicht die Kälte von außen, es war vielmehr eine innere Frische, die mich erzittern ließ. Ich stand auf, nahm den spitzen, scharfen Stein aus meinem Lederbeutel und zerteilte das Wild.

Als ich in mir versunken nach dem Grund der Wärmeveränderungen suchte und das letzte Fleisch vom Fell löste, vernahm ich ein leises Knurren hinter meinem Rücken. Ich blieb wie angewurzelt stehen. Ich kannte dieses Knurren. Es gab oft die Gelegenheit, dieses zu hören, wenn ich, versteckt von sicherer Entfernung aus, ihnen bei der Jagd zusah. Wölfe! Schoss es mir in den Kopf. Ich war unaufmerksam, zu hungrig und zu abgelenkt von den beiden Leitbullen, um das Terrain nach weiteren Jägern zu überprüfen. Jetzt stand ich da, das Blut hatte sie angelockt und aggressiver gemacht. Alleine jagen, barg immer ein Risiko, nur, jetzt hatte ich mich soeben selbst aufs Tablett geliefert.

In den Augenwinkeln nahm ich vor mir Schatten wahr, die sich in einer sicheren Entfernung vor mir aufbauten. Ich wollte um keinen Preis nach vorne sehen, nicht in ihre Augen blicken, nicht ihre Anpirschstrategie beenden, damit sie schlagartig über mich herfallen konnten. Das Knurren wurde lauter und ich blickte noch immer auf den Boden und suchte mit langsamen Bewegungen meine Steinaxt, die ich immer um meine Hüfte trug. Als ich die Stelle mit meiner Hand erreichte, überflutete Panik meine Gedanken. Die rettende Steinaxt war nicht da! Zweiter Fehler, dachte ich. Ich hatte sie weggelegt, als ich das Wild zu zerlegen begann. Ich blickte zur Seite und sah sie wenige Meter von mir entfernt am Boden liegen.

Im selben Moment fingen alle Wölfe lauthals zu knurren an. Sie fletschten die Zähne, so, als hätten sie meine Bewegung richtig gedeutet. Ihr Knurren klang fast schon so wie: Lass das, tu das nicht, das macht uns nur wilder. Aus den Augenwinkeln sah ich zu meiner Rechten fünf Schatten, die sich aufbauten. Ich fing innerlich zu zählen an. Wie viele Wölfe hatten mich mittlerweile eingekreist und eingeengt? Hatte ich zu lange gewartet, zu lange überlegt, sodass nicht einmal Flucht ein Ausweg aus dieser Situation war? Acht Wölfe zählte ich, während ich begann, mich langsam im Kreis zu drehen. Die innere Stimme in mir ließ mich um meine Beute kreisen, ich hörte sie sagen: »Bleib in Bewegung, damit sie immer wieder ihre Strategien überprüfen und angleichen müssen, damit gewinnst du an Zeit.« Im selben Moment, in dem die fünf Wölfe vor mir zu knurren begannen, verstummten die hinter mir stehenden sofort. Und das hatte einen strategischen Grund. Um sie nicht zu hören, da sie bereits den Abstand zu mir verkürzten, um nicht gesehen zu werden, da die anderen mich ablenkten, während sie zum Sprung ansetzten. Ich richtete mich auf, nahm das Steinmesser fest in die linke Hand und sah nochmals Hilfe suchend zur Axt. Jetzt war sie noch weiter für mich entfernt als vorher, da die Wölfe wenige Meter von mir entfernt standen. Ihr grässliches Zähnefletschen verriet mir ihren immensen Hunger nach meinem Fleisch. Es war vorbei, ich schloss mit meinem Leben ab, ich sah förmlich, wie sie in meine Kehle bissen und meinen Körper mit ihren scharfen Zähnen zerfetzten. Ich fragte mich, ob das die Antwort auf meine Bereitschaft wäre, den Preis des Nehmens zu bezahlen. War das der Preis meines Tötens, war das der natürliche Ausgleich der Kräfte? Und wieder hörte ich die Stimme in mir sagen: »Teile, teile die Beute.«

Ich blickte zu Boden und sah auf den fast zur Gänze zerlegten Kadaver des Jungtieres. Ich ging in die Knie und sah das Wolfsrudel ebenfalls in der Bewegung innehalten. Meine

Handlung war für sie strategisch nicht erkennbar, das war keine Handlung, mit welcher man die Gegenwehr oder Flucht anzeigte, es war keine Handlung der Konfrontation und es war vor allem keine Handlung, die sie bedroht hätte.

Sie blickten mich von allen Seiten an, ihr Knurren beruhigte sich etwas und ihr Unverständnis darüber brachte sie dazu, dass sogar einige von ihnen die Köpfe seitlich drehten. So, als wollten sie verstehen, was ich da mache. Warum ich nicht wie jede Beute, zu rennen oder zu kämpfen anfinge. Ich nahm einige Fleischbrocken und warf diese zu den fünf Wölfen hinüber. Alle fünf stürzten sich gleichzeitig darauf und nur zweien gelang es, die Fleischstücke zu erwischen. Sie liefen mit diesen davon.

Die drei kamen wieder zurück und ich hörte die anderen drei Wölfe hinter mir knurren. So, als hätten sie verstanden und in die Menge geschrien: »Lasst euch nicht ablenken, nicht jetzt, wo unser Sieg zum Greifen nahe ist.« Ich warf die restlichen Fleischstücke zu den drei hinteren Wölfen und verteilte meine ganze Beute. Und wieder stürzten sich nur zwei darauf und liefen weg. Die restlichen vier veränderten ihre Position zu mir und kamen von vorne knurrend näher. »Das war´s«, sagte ich leise zu mir. Der Leitwolf sowie drei weitere ließen sich nicht ablenken und nicht mit der geschenkten Beute besänftigen. Zu erfahren in den Jagden war er, zu viele Kämpfe hatte der Leitwolf hinter sich, das sah man ihm förmlich an. Sein Körper wies viele Biss- und Kampfspuren auf. Dieser da ließ sich von niemandem mehr täuschen, dieser da hatte Kraft und Erfahrung und sein Zähnefletschen zeugte von einer unbeirrten Absicht, mich als Beute zu erlegen.

Ihre Augen glühten vor Aufregung und dem Verlangen nach meinem Fleisch. Ihre Blicke paralysierten mich und nahmen mir nicht nur den Atem, sondern jede Bewegung in mir, die ich krampfhaft versuchte aufzubauen. Das war das Ende, das wusste ich mit Gewissheit. Ich konnte dem nichts mehr entgegenhalten außer meiner Kampfbereitschaft und dabei mit aller Kraft kämpfen, um ihnen Schaden zuzufügen. Auch wenn sie mich in tausend Stücke zerfetzten, einen von ihnen nahm ich mit in den Tod. Als ich meinen unbeugsamen Kampfwillen einläutete, spürte ich eine Leidenschaft in mir, die ich so nie erlebt hatte. Eine Leidenschaft, die kurz vor der unausweichlichen Auslöschung meiner Person entstand und mich vollkommen von ängstlichen Gedanken befreite.

Ich richtete mich wieder auf, nahm das Steinmesser in die rechte Hand und beugte mich leicht nach vorne, gespannt wie eine Sprungfeder. Jeden Moment vorpreschend, stand ich da und wollte geradewegs in den Tod rennen, als ich ein Fauchen zu meiner Rechten hörte. Jenes vertraute Fauchen eines alten Freundes, welcher damit immer unsere gemeinsame Jagd eingeläutet hatte. Gleichzeitig sah ich, wie ein silbernes Schattengebilde mit Höllentempo an mir vorbeiflog und auf die zwei völlig verdutzten Wölfe, wie ein bleierner Vorhang, herabfiel. Ich war durch die innere Bereitschaft, in den Tod zu gehen, im Rausch der Sinne, sodass ich zunächst nicht verstand, was da passierte.

Die Szene vor mir eskalierte und ein Getümmel an unterschiedlichen Körpern bewegte sich wie wild vor mir herum, so, als würden sie alle unter Strom stehen. Ein entsetzliches

Fauchen und Hundewinseln füllten das Tal. Langsam erkannte ich in diesem Getümmel meinen Schneeleoparden, welcher die Wölfe angriff. Der Schneeleopard kam wie ein gewaltiger Sturm über sie. Bevor sie erkennen konnten, wer oder was das war, hatte er den ersten Wolf am Genick gepackt und biss mit aller Kraft hinein. Dieser winselte grässlich auf und es klang so, wie wenn man einen Hund zu Tode quälen würde. Sein verzweifeltes Jaulen schmerzte ebenfalls in meiner Brust. Aber da war der Leitwolf am Schneeleoparden dran und verbiss sich in seinen Hals. Als der dritte Wolf ihn angriff, obwohl er noch immer vom Leitwolf an der Kehle zu Boden gedrückt wurde, mit einem einzigen Prankenhieb die halbe Vorderschnauze des Wolfes zerfetzte. Dieser mit einem entsetzlichen Winseln zu Boden stürzte. Ich blickte fassungslos in die Szene, und langsam, leider zu langsam, begriff ich, dass mein Freund aus diesem Biss des Wolfes nicht mehr entrinnen konnte.

Da war auf einmal der letztverbleibende schwarze Wolf zur Stelle und stürzte sich auf den Schneeleoparden. Er biss ihm in den Bauch und beide zerrten an ihm mit aller Kraft. Halb taub vor Verzweiflung und Angst um meinen Freund hörte ich die Stimme in mir »Jetzt« schreien. Ich setzte zum Sprung an und schrie voller Zorn. Ich stürzte mich auf die Wölfe und stach wild auf sie ein. Den Leitwolf erwischte ich, da er vom Leoparden mit den Tatzen festgehalten wurde, mit einem Stich in die Rippen, sodass er aufheulte. Ich versuchte, das Steinmesser rauszuziehen, während der andere Wolf mir in die Schulter biss, doch dank des Bärenfells konnten seine Zähne nicht tief genug in meine Schulter eindringen.

Und doch war sein Biss wie ein Stromstoß, in meinen Körper. Seine Zähne in meinem Körper, in meinem Fleisch, verursachte Schockwellen in mir. Ich schrie meinen Schmerz hinaus. Sein grässliches Knurren vibrierte neben meinem Kopf und kam einem Verstärker gleich, der seine Zähne tiefer in meine Schulter trieb. Das Blut, welches aus dem Leitwolf austrat, wirkte wie Schmierseife und ich rutschte ständig vom Steinmesser ab, welches ich ihm nochmals reinstoßen wollte. Ich verzweifelte an den Gedanken, dass ich wegen des Zerteilens des Wildes meine Bärentatzen abgestreift hatte, diese hätten jetzt eine bedeutendere Wirkung in der Abwehr gehabt als dieses Steinmesser. Im selben Augenblick zerrte mich der schwarze Wolf rücklings von Leitwolf weg. Ich fiel nach hinten und wendete meinen Körper zur Seite, um seine Beine zu erwischen, während ich den Leitwolf mit meinen Füßen wegtrat. Ich riss an den Beinen des schwarzen Wolfes und versuchte, ihn von meiner Schulter wegzubekommen, doch es half nichts. Der Schmerz wurde unerträglich, er biss fester zu. Panikartig zog ich mit letzter Kraft seinen Körper auf die Seite und fing mit meinen Zähnen in seinem Bauch zu beißen an. In einem Moment gelang es mir, durch sein Fell zu kommen und seine Zitzen zu erreichen. Ich biss mit aller Kraft hinein und versuchte, diese zu zerfleischen. Der Wolf verbiss sich knurrend mehr in meine Schulter und ich biss mit allem, was mein Mund zu bieten hatte, in ihn hinein. Wir lagen da fast unbeweglich, verbissen ineinander, und keiner von uns traute sich loszulassen.

Ich blickte geistesabwesend zur Seite, um zu sehen, was mit meinem Leoparden geschah und sah, dass er regungslos dalag, dabei den Leitwolf mit seinen Tatzen umschlungen festhielt.

Zorn kam in mir hoch, mein einziger treuer Gefährte lag im Sterben oder war tot und diese Bestie hielt noch immer seine Kehle fest. Ich sah für einen kurzen Moment in die Ferne, die anderen Wölfe würden bald zurückkommen. Und meine Situation hier war nur eine auf Zeit aufgebaute. Wann ließ meine Kraft nach, wann löste sich dieser Wolf aus meinem Griff und wie lange dauerte es, bis seine Reißzähne meine Kehle fanden? Zorn und Wut wechselten den Ort meiner Empfindungen und bewirkten einen Energieschub in mir. Ich schrie mit aller Kraft den Schmerz aus mir heraus und fing, mich wie wild herumzuwälzen. Dabei versuchte ich, seine Beine zu kreuzen und sie dabei zu brechen. Doch es gelang mir nicht, zu beweglich und zu flexibel waren sie, um dies zu bewerkstelligen. Ich bewegte mich mit ihm hektischer auf dem Boden, angetrieben von einer Absicht – diese Bestie zu töten. Es gelang mir, meinen Körper so zu drehen, dass ich auf den Wolf fiel. Er ließ sofort von meiner Schulter ab und beabsichtigte sich winselnd unter mir wegwinden. Ich erkannte den Augenblick meiner Chance und drückte seinen Kopf mit meiner linken Hand stärker zu Boden. Ich versuchte dabei, seine Kehle mit meinen Zähnen zu erwischen. Er jaulte und winselte auf, obwohl ich nicht hineinbiss. Dickes Fell war da zwischen meinem Mund und seiner Kehle und ich biss laufend ins Leere. Als er nochmals winselte, erinnerte mich dies an das erste Winseln jenes Wolfes, welcher durch den Nackenbiss des Leoparden zusammengebrochen war.

Ich weiß nicht, was mit mir in diesem Moment passierte, aber auf einmal tat mir das schmerzliche Jaulen des Wolfes leid. Erst jetzt erkannte ich, dass es ein Weibchen war. Ich lockerte langsam meinen Griff und die Wölfin blieb liegen. Ich spürte den Zorn in mir und versuchte ein letztes Mal, in ihre Kehle zu beißen, und sie winselte laut auf, obwohl ich nicht hineinbiss. Ich lockerte den Griff und ließ sie los. Im selben Moment sprang sie auf und rannte einige Meter weg. Dann blieb sie stehen, wendete den Kopf zu mir, sah mir lange in die Augen und lief, ohne sich wieder umzudrehen, in die eisigen Weiten hinaus.

Mein Blick wanderte zurück zu den drei Wölfen und meinem Leoparden. Keiner von ihnen gab erkennbare Lebenszeichen ab. Ich sprang erregt zu meinem Freund und löste langsam und behutsam das Gebiss von seiner Kehle. Blut floss aus seinem Hals. Er öffnete langsam seine Augen und sah mich an. Ich drückte mit meiner Hand auf die Wunde und sprach zu ihm, dass er aushalten möge. Dass ich ihn retten werde und er ja nicht aufgeben dürfe. Suchte hektisch seinen Körper nach weiteren Wunden ab. Ich erschrak, als ich die klaffende Wunde am Hals ertastete. Tränen liefen mir übers Gesicht und ich weinte wie ein Kind, welches nicht in der Lage war, seinen Verwandten, welcher im Sterben lag, zu retten. Der Schneeleopard sah mir in die Augen und in diesen wunderschönen, grauen Augen leuchtete mir so etwas wie Freude entgegen. Er lag im Sterben und doch war da eine Kraft, die von seinen Augen ausging, die mir Sanftmut und Zuversicht gab. Die sagte, dass mit dem Tod nicht alles endete, dass ich mir keine Sorgen machen müsste, weil mit diesem alles wieder neu begann. Seine Augen kündigten ein Geheimnis über Leben und Tod an, welches wir Menschen schon lange vergessen haben.

Er blickte mich mild an und ich sah, dass er mich wiedererkannte. Meine Augen füllten sich wieder mit Tränen, da sein Blick mir verriet, dass seine innige Zuneigung zu mir noch immer darin loderte. Wir sahen uns lange in die Augen und es war so, als würde eine Kraft von ihm auf mich übergehen.

In einem Moment legte er seine linke Pranke auf meine Unterarme. Es geschah unerwartet, so, als wolle er damit sagen, dass ich jetzt loslassen solle. Ihn gehen lassen, dann schloss er für immer seine Augen.

Ich schrie meinen Schmerz hinaus und meine Schreie hallten von den Bergen in alle Richtungen dieses verdammten Tales. Ich umarmte ihn und legte mich zu ihm auf den Boden. Dann zog ich mein Bärenfell über uns und wickelte uns ein. Eingepackt und umarmt lag ich den ganzen Tag bis zu Dämmerung mit ihm und erzählte ihm alles, was ich in der Zwischenzeit, als wir getrennt waren, erlebt hatte. Ich wusste, dass er tot war, und doch empfand ich ein inniges Bedürfnis, ihm meine Geschichte sowie meine Zuneigung und meine Liebe auf seiner letzten Reise mitzugeben. Damit er, wenn er vor seinen Schöpfer trat, auch wenn es völlig absurd klingt, mein Herz als Nachweis seiner ergebenen Beute hochhalten könne. Damit jener ihm den Zugang zum Olymp aller gefallenen Helden gewährte. Wind und Schnee taten ihres und so bildeten wir nach kurzer Zeit einen Schneehaufen, welcher sich von anderen Felsen kaum mehr unterschied. Bevor es finster wurde, suchte ich mir eine geeignete Stelle und begrub ihn unter Steinen, damit ihn Wildtiere oder jene Wölfe, die weggelaufen waren, nicht mehr finden konnten.

Langsam und schweren Schrittes verließ ich dieses Tal des Todes. Aus dem übriggebliebenen Fell des erlegten Jungtieres band ich mir einen Tragbeutel, in dem ich weitere Steine für die Schleuder, Wolfsfleisch als Proviant und ihre drei Felle einpackte. Ein letztes Mal sah ich vom Bergpass ins Tal hinunter zum Grab meines Freundes. Doch das Tal war eingetaucht in tiefstes Schwarz, welches die Nacht für den Rest der Landschaft bereithielt. Der kleine Steinhaufen war für mich nicht mehr sichtbar. Der Wind pfiff auf dieser Anhöhe messerscharfe Eiskristalle in mein Gesicht, welche meine Wangen röteten. Ich wendete meinen Kopf wieder in die beabsichtigte Marschrichtung und mit Trauer im Herzen, überschritt ich diesen Kamm.

Ich wanderte weitere Jahre über diese Eiswüste. Überquerte Hügel, Täler und Steppen und im Handgepäck bewahrte ich mir jene Felle aus der letzten Schlacht mit den Wölfen auf. Wenn ich einmal nicht mehr weiterwusste oder ich nicht mehr weiterkonnte, holte ich sie heraus und roch daran. Der Geruch wirkten wie ein Wachrufen einer Kraft in mir, die zwar den Schmerz der Erinnerung brachte, aber gleichzeitig dafür sorgte, nicht stehen zu bleiben und weiterzugehen.

Von ferne sah ich immer wieder die Umrisse eines Wolfes hinter den Hügeln und Felsen verschwinden. Es war jedes Mal eine dunkle Wolfsgestalt in der Bewegung zu sehen und immer so, dass ich sie fast zu spät bemerkte, bevor sie verschwand. Aufgrund der Entfernung war ich mir nicht sicher, ob es die schwarze Wölfin war oder ein anderer Wolf. Ein Gefühl sagte mir, dass es sich um diese Wölfin handelte. Ich fand ihre Spuren im Schnee und Reste ihrer Beute, welche sie dort zurückgelassen hatte. Freudig nahm ich diese letzten Stücke ihres Wildes an. Die manchmal frisch und nicht durchgefroren waren, sodass ich sie mit meinem Steinmesser leicht zerteilen und das restliche Fleisch von Knochen schaben konnte. Es kam mir zeitweise gelegen, da ich die kräftezehrenden Jagden dadurch einschränken konnte.

Eines Tages erblickte ich auf den Horizont ein Licht in der Dämmerung. Zunächst bewegte ich mich direkt darauf zu, und als ich näherkam, war ich überrascht, dass es nicht so wie immer verschwand, sondern im Gegenteil, es wurde mit jedem Schritt größer. Ich wechselte die Richtung und nahm eine neue Position zu diesem Licht ein. Das hatte ich mir in all den Jahren hier mit dem Jagen angeeignet, ich pirschte mich regelrecht an das Licht heran. Langsam begriff ich, dass es diesmal zu einer Begegnung mit diesem Licht kommen würde.

Ich pirschte ihm entgegen und stellte fest, dass es sich dabei um ein kleines Fenster einer kleinen Holzhütte handelte. Weißer Rauch stieg aus dem Schornstein auf und das flackernde Licht signalisierte mir, dass da drinnen ein Feuer loderte. Zunächst glaubte ich es nicht. Eine sonderbare Art von Panik beflügelte meine Gedanken. Ich versuchte, mich innerlich zu fassen, und stellte dabei fest – es war das erste Zivilisationsmerkmal an diesem unwirtlichen Ort. Meine erste Reaktion war … Angst. Meine Gedanken verwirrten sich und rasselten wie wild in meinem Kopf. Eine Art Ohnmacht beflügelte mein Erstaunen und sorgte widersprüchlich dafür, zu dieser Hütte voranzuschreiten und doch nicht näher zu kommen. Deshalb machte ich zur Sicherheit einen großen Bogen um dieses

Gebäude, während ich ständig versuchte, meinem Drang nach Flucht zu widerstehen. Die letzten Meter waren die Hölle, mein Herz raste wie verrückt und meine Gedanken verloren sich in dieser Weite. Ich kam vorsichtig auf dem Boden kriechend näher. Kurz vor dem hölzernen Eingang hörte ich das Knistern des Feuers im Kamin, und als ich mich vorsichtig aufrichtete und bei einem der Fenster ins Innere blickte, erkannte ich, dass sie menschenleer war.

Ich wendete meinen Blick zurück in die Wildnis, aus der ich gekommen war, musterte einen Fluchtweg und stellte dabei erschrocken fest, dass dieser mir näher und vertrauter war, als das, was ich in dieser Hütte sah. Das Holz und die Gerüche, die sie abgab, rochen sonderbar. Ja, sie stanken regelrecht und rochen nach Gefahr und dennoch übermannte mich die innere Regung, nochmals hineinzusehen. Im nächsten Moment hielt mich nichts mehr zurück, eine vollkommene Wendung meiner Gefühle trat ein, so, als wäre etwas Bekanntes in mir eingerastet. Ich sprang regelrecht zur Tür, und als ich sie öffnete, umschmeichelte mein Gesicht eine wohlige, warme Luft, die sich wie Wasser über mich ergoss.

Vorsichtig betrat ich die Hütte in gebeugter Stellung und zu jeder Handlung bereit. Im selben Moment blieb mir die Luft zum Atmen weg, der Gestank von verräuchertem Holz drang in meine Nase und der Geruch des Raumes schnürte mir die Kehle zu. Mein ganzer Körper erschrak, ausgelöst von der Hitze des Raumes, als würde er jeden Augenblick verbrennen. Meine Hände und mein Gesicht schmerzten wie von tausend Nadeln gestochen. Ich schreckte zurück und lief gleich wieder hinaus, wo mir die kalte Luft auf der Haut wie sanfter Balsam vorkam. Zu lange hatte ich mich in dieser eisigen und klaren Luft da draußen bewegt, sodass mir der Geruch in dieser Holzhütte wie ein bestialischer Gestank den Atem nahm. Zu fein und geschärft waren meine Geruchsnerven hier in dieser Eiseskälte, sodass ich selbst manchmal in der Lage war, die Witterung des Wildes wahrzunehmen. Aber das, was mir hier als Geruch in der Hütte entgegen drang, erschien mir als der widerwärtigste Geruch, den ich jemals gerochen hatte. Obwohl es nur Holz, Feuer und Rauch waren, empfand ich es unweigerlich als Gestank. Was war das jetzt, dachte ich leicht verstört, ohne darauf zu achten, dass sich drinnen in der Hütte etwas bewegte. Gedankenbewegt und um Antworten bemüht, das vorherige Geschehen zu verstehen, ging ich zu der Eingangstür und wollte den nächsten Versuch wagen, hineinzugehen. Auf dem halben Weg blieb ich wie stehen, denn in der Türe stand eine mannshohe Gestalt. Ich holte blitzartig mein Steinmesser und meine Steinaxt heraus und ging auf Angriffsposition.

»Komm herein«, hörte ich die Gestalt mit einer donnernden männlichen Stimme zu mir sagen. »Lass die Spielchen, du kannst mich nicht töten, verschwende damit nicht deine kostbare Zeit.« Ich sah, durch das Licht geblendet, welches aus der offenen Türe hinter ihm schien, nur seine dunkle Gestalt, aber nicht, wie er aussah. Die Erscheinung ging ein paar Schritte zurück, so, als hätte sie meine Gedanken gehört, und ihre Vorderseite wurde dabei erhellt. Ich sah einen kräftigen Mann im mittleren Alter mit einem langen, schwarzen Bart vor mir stehen. Ich blickte ihn, so schien es mir, eine Unendlichkeit lang an. Wir standen nur stumm da und starrten uns gegenseitig an. Seine menschliche

Form erfüllte mich gleichzeitig mit Freude und mit Angst. Nach einiger Zeit machte er die ersten Bewegungen. Er wirkte freundlich und winkte mich ins Haus hinein. »Komm herein, aber mach es langsam, dein Körper muss sich erst wieder an fremde Wärme gewöhnen. Schau, ich lass auch die Tür offen, damit es dir etwas besser geht. Ich werde dazu auch noch die Fenster öffnen, damit du frei atmen kannst, bis sich dein Körper und deine Lungen an die Wärme im Haus gewöhnt haben«, sagte er und ging dabei noch weiter in den Raum zurück.

Langsam, wie ein scheues Tier, trat ich ein. Der Mann lächelte mir zu und ging, durch meine Haltung bewegt, ebenfalls vorsichtigen Schrittes in den Raum zurück. Freundlichen Gesichtes bot er mir den Platz auf einem Stuhl neben dem Tisch an. »Komm, nimm Platz«, hörte ich wieder seine mächtige, tiefe Stimme sagen. »Du warst lange auf Reisen da draußen in dieser Eiseskälte, ich verstehe dich, ich kann nachfühlen, wie es dir geht, da ich selbst über Jahre da draußen herumgeirrt bin.« Ohne meine Antwort abzuwarten, drehte er mir den Rücken zu und schloss die offene Kamintüre, damit sich die Wärme nicht weiter im Raum ausbreitete, dabei den Kamin mit einer Eisenstange verschließend.

Nachdem er mir den Rücken zugedreht hatte, entspannte ich mich wieder, gewann an Sicherheit und kam langsam zum Tisch heran. Auf diesem standen einige Krüge und Teller und die Bestecke lagen so, als hätte er Gäste erwartet. Ich versuchte, dazu etwas zu sagen, und merkte, dass meine Stimme versagte. Zu lange hatte ich nicht gesprochen, meine Stimme in dieser Kälte geschont, und nun, hier in dieser Wärme, wo keine Gefahr für meine Stimme bestünde, brachte ich nur Gegröle und sonderbare Laute hervor. Der Mann lachte auf, als er hörte, wie ich mich bemühte, einige verständliche Worte herauszubringen. Sein Lachen glich eher einem tiefen Gewitter, welches über uns kam. »Mir ging's nicht anders«, sagte er dröhnend. »Ich konnte sogar eine ganze Woche lang nicht reden. Lass dir Zeit, die Sprache kommt noch von alleine«, versuchte er mich zu beruhigen, während ich ihn völlig entgeistert anstarrte.

Er setzte sich zu mir an den Tisch, legte seine Hände auf die Tischplatte und blickte mich freundlich an. Sein langer, schwarzer Bart reichte ihm bis zu seinem Bauch, und als er sah, dass ich seinen Bart beobachtete, zeigte er mit seinem Zeigefinger auf meinen. Ich blickte hinunter und erkannte erst jetzt, welche Länge mein Bart hatte. So völlig eingepackt in diesem Bärenfell und der Kälte ewig trotzend, hatte ich gar nicht erkannt, wie lange dieser gewachsen war.

Der Mann bemerkte mein Staunen und brüllte vor lauter Lachen los, sodass ich wieder erschrocken zusammenzuckte, worauf er lauter zu lachen anfing. Offensichtlich amüsierte ihn da etwas an meinem Verhalten in Bezug auf meinen Bart. »Mach dir keine Sorgen«, sagte er noch immer lachend. »Ich lache deshalb, da es mir genauso erging, als ich meinen Bart zum ersten Mal bewusst wahrgenommen habe. Dabei bin ich noch aufgesprungen und wäre fast über den Sessel bei der Türe hinausgerannt.« Er griff zu den Krügen und goss mir ein heißes Getränk in einem, der kleineren Trinkkrüge ein. »Komm, trink«, forderte er mich auf. »Der heiße Trank wird dir guttun und dich wieder stärken. Die Kräuter darin werden deine kalten Knochen wieder wärmen und deinen Körper aufrichten.«

Ich hörte jedes seiner Worte und verstand ihn, aber konnte keines erwidern. Er bestätigte mir die ganze Zeit, dass er diesen Zustand gut kenne, da er selbst diesen erlebt habe. Nach jahrelangem Herumziehen durch die Eislandschaft hatte er seine Stimme verloren und erst als er hier in diese Hütte gekommen war, hatte er bemerkt, dass sie versagte. Ich nickte und nippte an dem gereichten Trinkkrug. Die Wärme, die sich dadurch schlagartig ausbreitete, erwärmte im Nu meinen ganzen Körper und erst da spürte ich so recht die Schwere meines Leibes und das Gewicht des Bärenfells.

Es verging eine Woche, bis ich wieder sprechen konnte. Meine ersten Worte waren: »Wer bist du?« Er sagte mir seinen Namen und doch klang er für mich nicht vertraut. Ein Name wie jeder andere, den ich schleierhaft aus meinem alltäglichen Leben hervorrief und der im Moment doch so fremd war, dass ich ihn mit keinem anderen vergleichen konnte.

Ich stellte mich zum ersten Mal bei ihm vor und er musste darauf wieder lachen. Als ich ihn fragte, warum er das lustig fände, sagte er, sein Bruder habe den gleichen Namen und unter dem Bart, welchen ich trug, hätte er ihn beim besten Willen nicht mehr erkannt. Wir fingen beide ungezwungen zu lachen an und ich fragte ihn, woher er das Holz für den Kamin und die Kräuter für das Gebräu herhabe, da hier in der Eiswüste ja nichts wachsen könne. Er schaute mich lange an, so, als wolle er ein letztes Mal prüfen, ob er mir darauf eine Antwort geben könne und sagte unmittelbar darauf, dass er hier in der Nähe eine Höhle gefunden hatte, die auf eigenartige Weise all das hier hervorgebracht habe. In dieser fand er das Holz und in einem Raum, welcher durch einen Kristall beleuchtet wurde, fand er die Zutaten für dieses Getränk. »Eine Höhle«, erwiderte ich erstaunt. »Was war das für eine Höhle?«, fragte ich, dabei meine letzten Erinnerungen, die ich vor langer Zeit erlebt habe, geistig hervorkramend.

»Ja, hier ganz in der Nähe«, sagte er kopfnickend. Ich war erstaunt, das konnte mit Sicherheit nicht meine Höhle gewesen sein, dachte ich und erzählte ihm meine damaligen Erlebnisse.

»Jetzt verstehe ich deine Aufmachung«, sagte er. »Ich dachte zunächst, als ich die Türe öffnete, dass ein Grizzlybär vor der Hütte herumstreife, dabei war das nur sein Fell, welches er mit seinem Leben an dich verlor.« Ohne dass er meine innerliche Regung auf seine letzten Worte erkannte, fügte er hinzu: »Ich dagegen habe einen Berglöwen erlegt, welcher mir den Ausgang aus der Höhle, die du vorhin beschrieben hast, versperrte. Der Kampf mit diesem Tier dauerte vier Tage, weil sich der Berglöwe immer wieder aus der Höhle zurückzog, um den Moment abzuwarten, in dem ich müde und unaufmerksam wurde. Es gelang mir im letzten Moment, als er sich auf mich stürzte, ihn mit einem Knochen, welchen ich aus der Höhle mit raufgenommen hatte, zu durchbohren.«

Ich nickte ohne Worte und mit dem Verständnis eines Kriegers, der verstand, was er in diesen vier Tagen durchgemacht hatte. Der Mann wurde mir immer vertrauter und die Erzählungen, die er von sich gab, erinnerten mich an viele meiner Abenteuer an diesem Ort. »Hast du die Zeichen in der Höhle gesehen?«, fragte ich ihn und er nickte mir auf eine Art zu, die nur Staunen und blankes Entsetzen widerspiegelte. Und er ergänzte: »Ich habe irgendwann verstanden, dass, wenn ich in dem einen Moment meiner körperlichen Zerfetzung durch dieses Wesen nicht losgelassen hätte, ich genauso verendet wäre wie alle meine Vorgänger mit ihren Knochen in dieser Höhle.«

Ich blickte ihm in die Augen, bevor ich es wagte, weiterzusprechen und jene Erfahrung der flüsternden Stimme mit ihm zu teilen, die ich als meinen inneren Meister angenommen hatte. Er lächelte und sagte erstaunt: »Was, du hast nur einen?«, und aufgrund meines perplexen Gesichtsausdruckes brüllte er vor Lachen los. Der kleine Raum erzitterte vor seinem unkontrollierten Lachen und ich wusste in diesem Moment nicht, ob ich erleichtert mitlachen sollte oder fluchtartig das Haus verlassen, da ich vor einem größeren Irren stand, als ich einer war. Auch diese Regung erkannte er in meinem Gesicht und brüllte schräger als vorhin los, sodass sich alles um uns herum zu biegen anfing. Sein Lachen war nicht nur gewaltig laut, sondern glich einem sich entladenden Sturm, welcher alles in dieser kleinen Holzhütte zum Bewegen brachte. Ich entschied mich zu bleiben und verharrte in meiner sitzenden Position, um diese endlos erscheinende Leidenschaftlichkeit, welche mir sogar die Nasenhaare föhnen konnte, abzuwarten.

Als er sich langsam beruhigt hatte, fragte ich ihn, was er mit »nur einen« genau meine. Lange blickte er mich stumm an, ehe er mit seiner Erklärung begann: »Wir Menschen haben ein zweites Bewusstsein«, sagte er. »Bei der Geburt auf der Erde werden wir mit zweien ausgestattet. Das entspricht den natürlichen Gegebenheiten auf diesem Planeten. Die Spezies Mensch hat für ihre Entwicklung einen Plan B geschenkt bekommen. In dem einen Bewusstsein erwachen wir zu dem Wesen, welches wir schon immer waren. Das ist jenes Bewusstsein, welches ständig unsere Grundmuster in sich trägt und in welchem wir von einem Augenblick zum nächsten jederzeit erwachen können. Das zweite Bewusstsein, welches dafür sorgt, dass, wenn Plan A des Erwachens nicht von uns aktiviert wird, wir noch immer die formgebende Kraft des zweiten Bewusstseins zur Verfügung haben, um uns zu diesem höheren Wesen selbst entwickeln zu können. Letztendlich haben beide eine einzige Aufgabe, sie bringen uns zu unserem wahren Wesen. Ganz gleich, ob wir imstande sind, in diesem zu erwachen oder im Sinne der Selbsterfahrung und Persönlichkeitsaufarbeitung diesen Zustand zu erreichen. Wir haben es nur verlernt, diesem zweiten Bewusstsein zuzuhören. Mit dem Erwachen des Kriegers in uns, mit dem Augenblick, in dem wir unsere Kraft wiederfinden, befreien wir dieses zweite Bewusstsein aus der Vorherrschaft des einen. Erst wenn wir zum Ursprung unserer Kraft und zu dem Wesen, welches wir schon immer waren, zurückgelangen, begegnen wir dem wahren zweiten Ich.«

Ich erinnerte mich an die zuflüsternden Ereignisse in der Höhle und danach an draußen, als ich das Jungtier erlegte. Ich nickte stumm, während er weitersprach: »Im Laufe unserer Erziehung und unter dem darauffolgenden Einfluss der Gesellschaft wird dieses uralte Bewusstsein durch das neugeformte überlagert, bis wir es nicht mehr hören können. Nur in der Vorahnung oder in manchen Gefühlen zeigt es noch Wirkung auf unser Handeln. Seine Stimme jedoch, die haben wir mit der Alltagswelt schon längst übertönt. Wir hören dieses weise Flüstern nicht mehr, welches uns vor der Auslöschung zu schützen versucht. Erst wenn wir die Grenze zu unserer Urkraft hin überschreiten, erst dann hören wir dieses Flüstern wieder, die du innerlicher Meister nennst. Bis zu unserem vierten Lebensjahr hören wir seine Stimme gleich laut wie die des anderen Bewusstseins. Bis zu diesem Alter wechseln wir auch unaufhörlich von einem in das andere Bewusstsein.«

»Und warum bis zum vierten Lebensjahr?«, fragte ich, noch immer leicht verwirrt. »Ab dem vierten Lebensjahr verändert sich unser Bezug zur Welt und unsere Energie erreicht eine höhere Schwingungsebene. Und was macht unsere Gesellschaft, sie sorgt fürsorglich, wie sie ist, dafür, dass wir den Klang der Meister nicht mehr vernehmen.«

Ich lehnte mich wieder entspannt zurück und bestätigte ihm meine Freude darüber, dass er mir das erzählt hatte, denn ohne diese Information hätte ich gedacht, dass ich hier an diesem Ort verrückt geworden sei. Ich verstand in diesem Moment den Zusammenhang zwischen Schutzengeln, letzten Kraftreserven und Helfern in der Not. »Das waren alles nur wir selbst?«, fragte ich ihn und er nickte bestätigend zurück. Wir blickten uns an und die Erfahrung, die wir beide durchmachten, spiegelte den Tod und die Wiederauferstehung in unseren Augen wider.

Nach einer kurzen Pause der gegenseitigen Achtung und Anerkennung sprach er weiter: »Ich verstand im Laufe der vielen

Jahre hier an diesem Ort, dass es zweier Wesenheiten bedurfte, um in dieser Welt zu überleben.« Ich blickte ihn an und erkannte das Feuer in seinen Augen; ein Feuer, welches sein Bewusstsein berührte und dabei nie wieder zu erlöschen vermochte. »Ja, welche?«, fragte ich, gleichzeitig erahnend, dass er sogleich auch von mir und meinen Erfahrungen sprechen würde. »Es war die Leidenschaft im Loslassen und des Widerstehens, die mich all die Jahre hier überleben ließ«, sagte er. »Das Widerstehen?«, fragte ich, die weitere Erklärung dazu einfordernd. »Ja, das Widerstehen oder nenne es auch Selbstdisziplin, wenn du möchtest. Dieses war wichtig bei der Jagd und den täglichen Anforderungen und Gefahren, die mir das Leben hier bot. Das Loslassen dagegen war der Helfer in der Not, welcher mich immer wieder klar sehen ließ und mich auf das Unausweichliche vorbereitete.«

Ich dachte, dass er mit dem Loslassen die Leere meine, die mich im Laufe der Zeit eingenommen hatte und war erstaunt festzustellen, dass er von etwas sprach, was ich nicht berücksichtigt hatte. »Möglicherweise habe ich es ähnlich erlebt, aber nie so klar wahrgenommen. Kannst du es mir noch genauer schildern?«, fragte ich. Er sah zu Boden und seine Augen formten sich zu Schlitzen, so, als würde er etwas aus der Tiefe seiner Seele hervorholen, was fest in ihm verankert wäre. Als er wieder den Mund öffnete und sprach, war das, was er sagte, wie ein Berühren meiner innersten Struktur, die seinen Worten nichts entgegenhalten konnte und die er mit Leichtigkeit durchdrang.

»Das Widerstehen ist der Moment des Kriegers, bevor er losstürmt und der Kampf beginnt. Es ist das Widerstehen, das uns zum Krieger macht, nämlich nicht auf die ersten Reize zu reagieren. Wir widerstehen der eigenen Versuchung, Dinge zu tun, die nur in Chaos und Zerstörung enden. Widerstehen bedeutet, dass du herangereift bist als Mann und dass es nichts gibt, was dich aus deinem Gleichgewicht schmeißt. Widerstehen bedeutet, die unermessliche Kraft in dir zu leben und dabei nichts zu zerstören. Es ist das Widerstehen, was uns letztendlich zu wahren Männern macht. Der Neigung, etwas Bestimmtes zu tun, nicht nachzugeben. Etwas aushalten zu können, trotz aller Widerstände. Jemandem oder etwas nicht nachgeben, auch wenn es noch so reizvoll für uns ist. Widerstehen der eigenen Angst, voreilige Handlungen zu setzen, oder zu widerstehen der eigenen Überheblichkeit, in den Tod zu gehen.

Ich habe verstanden, dass wir alle möglichen schwachen, kranken, perversen, sehnsüchtigen, voreiligen und absurden Gedanken in uns haben, und nur das Widerstehen in uns bildet diesen so schmalen Grat zwischen Zerstörung und Selbstauslöschung. Widerstehen bedeutet auch letztendlich viel aushalten und dabei keinen Schaden nehmen. Denn im Widerstehen liegt unsere Kraft, die alles wieder in uns eint und uns auch mit dem Außen versöhnt«, fügte er hinzu.

Ich starrte ihn lange begeistert an und verstand, dass er all die Jahre, die er hier alleine verbracht hatte, dazu genutzt hatte, innerlich zu reifen, seine Kraft und seine Balance wiederzufinden. Vieles von dem, was er sagte, berührte mich tief, und indem es das tat, erkannte ich, dass er nur das berühren konnte, was in mir verborgen lag und wert war, wieder gefunden zu werden.

»Was hat es mit dem Loslassen auf sich?«, fragte ich. Er antwortete: »Das Loslassen ist wie eine Tür in uns, die, wenn wir bereitwillig den Dingen ihren Lauf lassen, uns dem Unbekannten ganz nahe bringt, ohne dass wir uns darin verlieren. Das Loslassen ist das innere Akzeptieren der Gegebenheiten, ganz gleich, wo wir uns und in welcher Situation befinden. Das Loslassen ist die fließende Kraft in uns, die sich bildet, wenn wir Raum in uns zulassen. Das Loslassen ist letztendlich der Vorbote unserer inneren Ordnung, die an Raum gewinnt. Das Loslassen bewirkt einen Freiraum in uns, welchen wir benötigen, damit der Krieger in uns erwacht. Und gleichzeitig ist das Loslassen eine Kraft in uns, die dafür Sorge trägt, dass wir an den Handlungen, die wir aus dieser Bewegung herausleiten, keinen Schaden nehmen. Das Loslassen entspringt aus unserer Mitte und macht uns in Kampfhandlungen schneller, wacher und beweglicher. Das Loslassen ist eine innere Qualität der Menschlichen Energie, die unseren Fokus auf das Ziel ausrichtet. Wenn wir loslassen, katapultieren wir unsere Absicht aufs Ziel, ohne dabei erkennbare Muster und Hinweise für den Gegner oder unsere Beute zu hinterlassen.«

Er blickte wieder nachdenklich zu Boden und sagte: »Ich habe irgendwann verstanden, dass wir Menschen das Loslassen sehr schwer erlernen. Das Loslassen macht uns auch deshalb große Schwierigkeiten, weil es das Unbekannte auf den Plan ruft und die Begegnung mit ihm unausweichlich ist. Deshalb fällt es den meisten Menschen auch schwer, diesen Zustand zu erreichen, da ab dem Zeitpunkt des Loslassens die mentale Kontrolle wegfällt.«

»Aber wie können wir dann in Kampfhandlungen schneller und wacher sein, wenn die mentale Kontrolle wegfällt?«, fragte ich und fügte hinzu: »Ist es nicht so, dass unser Kopf beim Jagen die Kontrolle übernimmt, sonst würden wir niemals eine Beute erlegen.«

»Nein, gar nicht«, sagte er. »Es ist komplett anders. Wenn der Kopf beim Jagen ständig dabei wäre, würden wir uns über alles Mögliche und Unmögliche Gedanken machen, während unsere Beute bereits über alle Berge ist. Und selbst dann würden wir ihr noch bescheuert nachsehen, geplagt von den Gedanken, was wir bloß falsch gemacht haben. Wir denken voraus, bevor die Jagt beginnt, planen und berücksichtigen alle Umstände und prüfen das Terrain, aber das meinte ich nicht. Nicht das Vorstadium des Jagens, das ist und bleibt Kopfsache, sondern der Moment, wenn wir losstürmen. Genauer gesagt, einen kurzen Augenblick davor, während wir loslassen und dann nach vorne stürmen. In diesem Zustand sind wir eins mit der Umgebung und allem, was sich darin befindet. Wir sind eins mit unserer Kraft und mit unseren inneren Meistern. Im Augenblick des Loslassens nehmen wir alle Schwingungsmuster unserer Umgebung wahr und können angemessen auf diese blitzschnell reagieren, da uns dabei keine Gedanken bremsen.« Benommen von seinen Worten stand ich auf, ging zum Kamin und legte gedankenversunken weiter Holzscheite nach und stellte dabei fest, wie gut sich mein Körper an diese Wärme gewöhnt hatte.

Ich sah ihn an und nickte ihm zu, dass ich verstanden und selbst erlebt hätte, aber nicht so, wie er es aussprechen konnte. Meine Erklärung war überflüssig, denn er hatte verstanden, was in mir vorging, und er nickte nur, meinen stummen Hinweisen folgend.

»Was machen wir hier eigentlich?«, fragte ich ihn und er sagte: »Aus welchem Grund auch immer es uns hier an diesen unwirtlichen Ort verschlagen hat, kann ich nicht sagen, aber sehr wohl das, was mir hier widerfuhr. Es transformierte mich zu einem Wesen, welches ich vorher nicht mehr war und jetzt wieder lebe. Ich habe wieder meine Kraft gefunden, ich habe wieder Geist und mentale Stärke in mir, ich habe wieder meine unbändige Leidenschaft umarmt, ich habe wieder mein Feingefühl, Ereignisse in der Luft wahrzunehmen, zurückgewonnen. Ich habe das Jagen und Pirschen wiederentdeckt und ich habe wieder Achtung vor dem Leben und der Liebe erfahren, die wie ein Feuer in meinem Herzen brennt. Was soll ich dir sagen, warum wir hier sind, außer, dass ich dafür dankbar bin. Aber das, was noch kommt, wird mich nicht mehr betreffen, denn ab jetzt folgt deine Geschichte hier.« »Meine Geschichte?«, fragte ich erstaunt. »Was meinst du damit?«

»Das Erwachen auf Galoosan folgt der nächsten Generation von Mann«, sagte er. »Ich reise morgen weg von diesem Ort, ich verlasse Galoosan für immer. Ich war nur noch so lange hier, bis ich dir meine Geschichte erzählen konnte.« »Deine Geschichte?«, wiederholte ich seine Worte, ohne sie zu verstehen. Er stand auf, ging zum Fenster, wischte die

Eiskristalle von der Glasscheibe und beobachtete den spielerischen Wind, welcher den Schnee von den Hügeln des Umlandes herüber trieb, und sagte: »Ja, ich erzähle dir meine Geschichte des Erwachens. Es ist auch gleichzeitig die Geschichte aller Männer und beinhaltet die Erkenntnisse und Erfahrungen, die wir unter Aufbringung unserer äußersten Kräfte bitter erlernt haben. Wenn wir es jenen erzählen, die unseren Platz einnehmen, so beginnt eine Wandlung in uns und verändert auch gleichzeitig den Raum, in welchem wir uns bewegen. Dabei öffnet sich ein Zugang, ein Tor, und dieses bringt uns wieder in eine Welt, in der wir schon immer zu Zuhause waren. Mein Vorgänger hatte mir für seine Geschichte nur zwei Wochen Zeit eingeräumt, um mir die Richtung meiner Auseinandersetzungen vorzugeben, danach verschwand er in dieser Höhle und ich habe ihn nie wieder gesehen. Nachdem ich dir, so wie er mir, die wahre Natur unserer Kräfte vermittelt habe, ist meine Zeit auf Galoosan beendet. Ich kehre zurück zu meinen Ahnen oder zu meiner Familie, die ich verloren habe. Ob es die Ahnen oder die alltägliche Welt unserer Familie sein wird, hängt ganz von der Kraft ab, die mich bereits geformt hat. Diese Kraft wird der Schlüssel zu diesem Tor sein, welches sich in Zukunft für mich immer öffnen wird.« Ich kam zum Fenster und wir beide starrten stumm und gedankenverloren in die endlose Eiswüste hinaus. »Alltägliche Welt, Familie«, sagte ich fast wehmütig. »Mein Gott, ich habe all das bereits vergessen.« »Ja, genau, du hast jetzt Zeit bekommen, dich wiederzufinden, dich wieder zu sammeln und deine Kraft zu bündeln, die du hier wiedererlangt hast. Eines Tages, wenn du hier einem Krieger begegnest, welchem du deine Geschichte der Erkenntnisse weitergeben kannst, wirst du, so wie ich jetzt, deine Reise von diesem Ort antreten.«

Ich sah ihn an und seine Worte erweckten ein Gefühl in mir, als würde mein Vater zu mir sprechen, nur, mein Vater war schon lange tot, und selbst als er noch lebte, hatte er nie diese Weisheit und diese Ratschläge für mich gehabt, die mir das Bestehen in der Welt ebneten. Mein Vater war alles andere als ein weiser Mann, er war brutal zu uns allen und schlug uns, wo er nur konnte. Meine ersten Gehversuche im Leben der Eigenständigkeit endeten in einem Chaos, welches den Ausgang aus meiner Seele fand und den Raum um mich formte. Ich fühlte mich schon immer verloren, war mir unsicher in meinen Handlungen und versuchte, diese Verlorenheit ständig zu überspielen. Dabei verdeckte ich sie nur mit Verrenkungen, die mich weiter von mir selbst entfernten, während meine Unsicherheit dadurch wuchs. Und wenn ich einmal Erfolg mit den Verrenkungen hatte und mich alle dafür lobten, so war die Bitterkeit darüber in mir noch größer, da sie trotzdem nicht mich lobten, sondern eine Maske, die meine schreiende Seele begrub und mich zu ihrem Sklaven machte. Aber jetzt, als ich ihn so sprechen hörte, jetzt wusste ich, warum ich hier war und dass mein Erwachen hier an diesem Ort mich jenem Wesen näher brachte, welches ich schon immer war.

»Ist das der einzige Weg, von diesem Ort wegzugelangen?«, fragte ich. »Ganz genau«, antwortete er. »Wenn du einmal hierhergelangt bist, völlig gleich aus welchen Gründen, musst du zunächst die Meisterschaft des Kriegers bestehen, um deine Geschichte weiterzugeben. Mit dem Erzählen oder Übertragen unserer persönlichen Geschichte öffnet sich das Tor zu unseren Ahnen, und wenn wir es schaffen, den jungen Kriegern, so wie du einer gerade geworden bist, den Funken der Kraft zu übertragen, dann ist unsere Aufgabe an diesem Ort getan. Deine Erkenntnisse und das Wiederfinden deiner Kraft werden der nächsten Generation von Kriegern von Nutzen sein, ihre eigene Freiheit zu erlangen. Nachdem ich gegangen bin, wirst du in deinem Inneren einen Ruf wahrnehmen, das Flüstern deines Meisters, der dich ruft, dein zweites Bewusstsein des Kriegers, welches dich auffordern wird, nach außen zu gehen. Wieder hinaus in die Kälte zu gehen. Du wirst hinter dem Haus einen Felsen vorfinden, welcher dort jetzt noch nicht existiert. Es ist ein magisches Tor und auf diesem ist eine Botschaft für dich eingraviert. Eine Botschaft aus einer weit entfernten Welt, in deiner Sprache geschrieben, die dem Grad deiner Reife entspricht. Du wirst lesen können, was da steht, denn nichts kommt in uns an, wenn es nicht dieselben Schwingungsmuster in sich birgt, die wir auch haben. Merke dir, die größten Gaben und der größte Schatz werden an dir Sang- und Klanglos vorübergehen, wenn du dafür nicht empfangsbereit bist, und das bist du nur, wenn deine Kraft, unverfälscht durch andere Dinge, vollkommen rein in dir ruht.«

Meine Neugier steigerte sich ins Unermessliche und ich fragte ihn, ob ich den Felsen jetzt mit ihm aufsuchen solle, da er mir mit seiner Weisheit helfen könne, die Botschaft besser zu verstehen. Er lächelte und sagte, dass ich ihn nicht finden würde, da er erst durch meinen Reifegrad erscheinen werde und dieser weit entfernt sei. Wir sprachen lange in dieser Nacht über die Kräfte des Widerstehens und des Loslassens; ich wollte mehr von ihm erfahren, da ich erkannte, dass diese beiden Fähigkeiten in mir eine Bewegung verursachten. Das Widerstehen war eine Kraft, die ich erkannte, und das Loslassen war der Ausgleich dieser Kraft und wirkte in Situationen der Gefahr wie ein Katapult meiner Handlungen.

Ich empfand Dankbarkeit gegenüber diesem Krieger. Dankbarkeit für seine Unterweisungen und die Übertragung seiner Geschichte, die auch die Geschichte aller Männer war. Er war der vollkommen erwachte Mann, der erwachte Krieger, welcher es verstand, sich an sich selbst anzupirschen. Der dabei nicht nur das Kriegshandwerkzeug beherrschte, sondern Sanftmut und tiefe Weisheit in sich verinnerlichte. Er lebte so lange alleine, dass er niemanden mehr um sich brauchte, um im Leben klarzukommen. Das Alleinsein förderte bei ihm eine Mannhaftigkeit, die nichts mit Einsamkeit zu tun hatte. Er lebte aus seiner Mitte heraus, brauchte niemanden, und doch war er mit allem, was ihn umgab, durch eine sonderbare Kraft verbunden. Er ruhte in sich, und wenn doch ein Reiz von außen entstand, so war er ständig präsent und hellwach, um darauf angemessen zu reagieren.

Morgens, als ich aufwachte, war er weg. Verschwunden in dieser tiefen Höhle, wo alles auf Galoosan begann und endete. Es war Winter, wie immer hier auf Galoosan, und ich hatte genug Zeit, um mich an meine Schwächen und Kräfte anzupirschen, die mich in der Überwindung des Wesens, welches ich derzeit war, emporhoben. Dabei richtete ich mich auf eine lange Wartezeit ein, da ich in mir unbeirrt spürte, dass mein Moment des Erwachens weit von dem entfernt war, was der Mann mir erzählt hatte. Ich richtete mich auf die Arbeit mit mir ein und darauf, auf jenen Krieger zu warten, der eines Tages vor dieser Tür stehen und die Welt durch meine Erscheinung genauso wenig verstehen würde, wie ich zuvor. Der Wind und der Schnee formten bizarre Formen in die Landschaft und manchmal glaubte ich, gleich mehrere Felsen erkannt zu haben, die sich im Nachhinein leider als reine Schneeanhäufungen herausstellten. Es verging eine unheimlich lange Zeit; ich hatte nicht nur gelernt, auf meine innerlichen Meister zu hören, sondern hatte mich, in der tagtäglichen Anwendung von praktischen Hausaufgaben und einfachem Leben, selbst als Meister hervorgetan. Mit der Zeit empfand ich eine tiefe Verbundenheit zu allem, was ich berührte und worauf ich meine Aufmerksamkeit richtete. Mein Handeln kam jener Begegnung gleich, die kurz vor der Berührung entstand, und wenn ich an Dinge und Sachen dachte, so spürte ich diese körperlich wie einen eigenen Raum in mir. Ich spürte sie außerhalb von mir und ich spürte sie gleichzeitig in mir, so wie eine Verbundenheit, die zeitgleich auftrat.

Eines Tages, ich weiß nicht mehr genau, wann, spürte ich den Felsen hinter dem Haus erscheinen, welcher den gleichen Raum in mir einnahm. Während ich gebannt meinen Empfindungen nachlief, hörte ich von Weitem ein Flüstern meine Nähe suchen. Ich verstand sofort den Ruf meines Meisters, zog mir schnell das Bärenfell über und lief aufgeregt hinaus. Der Wind tobte mit einer Eiseskälte und der aufgewirbelte Schnee hatte die Eigenschaft kleiner Rasierklingen. Ich verdeckte mein Gesicht, als ich langsam hinter das Haus ging.

Und da sah ich ihn, er war über drei Meter hoch und es schien so, als würde sich die kleine Holzhütte an diesen direkt geschützt anlehnen. Nachdem die Schneeverwehung auf der Seite zum Haus keinen freien Blick und Durchgang ermöglichte, ging ich um den Felsen herum und erreichte seine Vorderseite. Da erkannte ich seine flache Seite, die bis zu seiner Spitze reichte. Mit schnellen Handbewegungen wischte ich das Eis und den Schnee von dieser glatten Fläche und ein Text, welcher golden zu strahlen begann, breitete sich vor mir über die ganze Felswand aus.

Gebannt las ich Wort für Wort: »*Mann in der Zeit, voll von Vergänglichkeit, fern des Ruhmes, welcher ihn ereilt aus der Vergangenheit. Besinnt sich wieder der eigenen Kraft und wagt seinen ersten Schritt … in die Dunkelheit. Sind wir gefallen oder haben wir versagt an der Anhöhe unserer Kraft, so ganz kurz vor dem Gipfel der Macht haben wir letztlich der Wahrheit entsagt. Was bleibt von ruhmreichen Taten, was blieb von den verlorenen Helden in der Zeit, wenn die Morgenröte den eisigen Geschmack des Versagens in den Mundwinkeln der Verlorenen auftaute? Und wenn wir eines Tages auf den Horizont hinausblicken, so ganz weit in die Ferne, wo unsere Pupillen den Zustand der kleinsten Größe für das Scharfsehen schon lange überschritten haben, und wir dort nur noch eine Bewegung wahrnehmen, eine Bewegung, welche in der Folge nicht das Erkennen und nicht das Verstehen in sich birgt, sondern das Verlieren in die Unendlichkeit einläutet. Waren wir heldenhaft und sind trotzdem gefallen, so war das Fallen ein Zustand in uns, welcher von Anfang an dem Fallen zugeneigt war und der inneren Täuschung unterlag … ein Held zu sein.*«

Ich war vollkommen eingenommen von diesem Text, eine Wehmut durchflutete meinen Körper. Irgendetwas aus der

Schrift übertrug sich auf mich, etwas geschah mit mir, doch ich hatte nicht den ganzen Text gelesen, noch nicht alles verstanden und ließ dieser sanften Wandlung keinen Raum, während ich weiterlas: *So ist es geschrieben und wird es besungen in alle Ewigkeit der Zeit ... wenn nicht, ja, wenn da nicht jemand wäre, welcher sich immer als Mann und Krieger fühlt und die unendliche Kraft in seinen Adern spürt. Jemand, welcher schon längst bereit ist, sein Erbe und seinen Platz in dieser Welt anzutreten. Jemand, in welchem das unbegrenzte Feuer der Leidenschaft, Herausforderung und der Abenteuer lodert und wo der Krieger in ihm zu erwachen beginnt. Ein Krieger, welcher diesen Kampf der Kräfte wie eine Stafette aufnimmt, um diese in den Olymp der gefallenen Helden zu tragen. Auf dass sie wieder erwachen mögen aus ihrem ewigen Schlaf und er damit den Ausgleich der universellen Kräfte herbeiführte. Sag ›Krieger‹ und spüre in dich hinein; sag ›Krieger‹ und folge deinem inneren Pfad zur Kraft; sag ›Krieger‹ und wach endlich auf.«*

Ich blickte lange auf diese goldene Schrift und las den Text viele Male, bis ich ihn verinnerlicht hatte. Weder Wind noch Kälte auf meinem Gesicht spürend stand ich da, während die Eiskristalle mit aller Kraft versuchten, meine Haut zu zerschneiden. Ich sagte »Krieger« und der Wind ließ momentan nach und ich spürte eine innerliche Bewegung, die in mir hochstieg und meinen ganzen Körper anspannte, so wie ein sanfter Stromstoß. Kurz darauf spannte sich meine Kopfhaut und ein sanfter Druck legte sich auf meine Ohren, welcher unmittelbar mein ganzes Gehör schärfte. Ich sagte »Krieger« und spürte, wie sich mein Bauch leicht anspannte und mein Kinn automatisch am Gaumen Platz fand. Die Kälte wandelte sich, da der Wind aufhörte, und ich spürte zum ersten Mal hier in dieser eisigen Natur so etwas wie eigene Wärme in mir. Es wurde still um mich herum und selbst der Schneefall hörte augenblicklich auf. Ich sagte »Krieger« und meine Wahrnehmung explodierte regelrecht in mir und kannte keine Grenzen in der Ausdehnung.

Ich spürte den Felsen, das Haus, die sanften Hügel in der Ferne und das darunterliegende Tal. Ich spürte alle Wesen, die sich auf dem ganzen Planeten befanden, ich spürte ihren Herzschlag und den Rhythmus, mit welchem sie die Musik in meinem Herzen entfachten, und ich spürte den Planeten selbst. Ich spürte für einen Augenblick den gesamten Kosmos, in welchem sich all das bewegte, und dass es keine Grenzen hatte. Es war wie das Pulsieren meines Herzschlages, ein Rhythmus, eine Schwingung, die alles durchdrang und durchfloss. So, wie das Herz meinen Körper in Schwingung brachte, so brachte dieses Pulsieren alles, was sich in diesem endlosen Raum befand, in Bewegung und zum Leben.

Und doch war da eine Kraft, die mich erzittern ließ, eine Wandlung, die durch diesen Raum bewirkt nach mir griff. Ich spürte diese fließende Kraft, die mir Leben gab und gleichzeitig sanft mein Innerstes formte. Und dann war da plötzlich eine andere Kraft im Raum präsent, die diese fließende Kraft verdrängte und ebenfalls mein Innerstes traf. Und während sie ohne geringsten Widerstand in mich eindrang, erkannte ich ihre unendliche Wirkung auf mein Wesen als Mensch. Ich sah, wie mich diese einwirkende Kraft im gleichen Ausmaß stärkte, so wie die fließende Kraft. Beide flossen durch mich hindurch und hinterließen einen Druck, welcher immer größer wurde. Plötzlich war alles in mir in Aufruhr; mein Körper und mein Geist tauchten in diese Kraft ein und vermischten sich mit beiden Kräften. Mein Herz vibrierte und schlug wie ein kleines Kraftwerk, als sich die Strömungen der beiden Kräfte verlagerten, dabei ihre Richtung änderten und begannen, durch mein Herz zu fließen. Angetrieben durch diese beiden Strömungen verursachte mein Herz wellenartig einen Gleichklang beider Kräfte. Der Raum um mich herum verfinsterte sich augenblicklich und jene Gebilde, die ich als Sterne wahrgenommen hatte, fielen aus meinem Blickfeld, so, als würden sie zu Boden fallen.

Ich wollte den Sternen nachsehen, aber als ich meine Augen darauf richtete, spürte ich einen brennenden Schmerz auf ihnen. Ein Schmerz, welchen nur eisige Kälte verursachen kann, wenn sie auf deine Augenlider trifft. Als ich meine Augen öffnete, stellte ich fest, dass ich zur Hälfte bedeckt im Schnee und Eis lag und nur mein Gesicht aus diesen ragte. Erst da begriff ich, dass ich gestürzt sein musste und dabei ohnmächtig geworden war. Ich befreite mich von den Schneemassen und stand auf, wobei ich feststellte, dass der Felsen verschwunden war.

Endlich kam der Tag, an dem meine Sinne und die Wahrnehmung vollendet geschärft waren. Es erschien ein junger Krieger vor der Haustüre. Gekleidet in ein gebundenes schwarzes Wolfsfell, sah er mich ratlos an. Ich musste zunächst schmunzeln, da er mich an mich erinnerte und geistig völlig losgelöst nach Erklärungen rang. Ich blieb einige Wochen bei ihm, da er geschwächt war und kurz davor stand zu kollabieren. Als ich ihm meine und die von meinen Vorgängern erlangten Fähigkeiten und Erfahrungen vermittelte, spürte ich, wie es ihm dabei ging. Ich war erleichtert, als er sich nach Wochen wieder erholt hatte.

Ich trat danach den langen Gang in die Höhle an, durchschritt die Dunkelheit der Höhle mit einem Tempo und einer Selbstsicherheit, als hätte ich dort schon immer gelebt. Meine Schritte waren vorsichtig und dennoch bewegte ich mich mit Schnelligkeit, da meine Sinne jedes kleinste Hindernis weit vor mir erfassten. Meine Instinkte, wie kleine Sensoren, leiteten mich durch die stockfinsteren Gänge der Höhle. In der Ahnung lag eine Treffsicherheit verborgen, die ich früher nicht einmal mit geöffneten Augen hatte. Ich durchschritt das Meer der Knochen und bewegte mich zielsicher in die bernsteinfarben leuchtende Kathedrale.

Mein Betreten des hohen Raumes, in dem der Kristall am Gewölbe hing, sorgte dafür, dass der Raum sofort im Licht erstrahlte. Allein durch meine Präsenz wandelte sich sein Schimmern in grelles Licht und der Ton aus dem hohlen Stein verbreitete eine Melodie, die mein Herz berührte. Ich spürte, wie seine Musik in mich eindrang, und es war diesmal kein schmerzlicher Widerstand in mir vorhanden, welcher mich aufschreien ließ. Von einem Augenblick auf den nächsten wurde mein ganzer Körper zu Musik und ich fing mich rhythmisch zu bewegen an. Durch die Stimme meines Meisters geführt, legte ich mein Bärenfell ab und stellte mich unter den Kristall. Im nächsten Moment wurde mein Körper hochgehoben. Ich schwebte langsam nach oben. Das Licht wurde greller und in einem Moment überflutete es den ganzen Raum, sodass ich meine Augen schließen musste …

Zwischen den beiden Wirklichkeiten

Als ich meine Augen wieder öffnete, lag ich in einem klapprigen Metallbett eines Spitals. Ich blickte mich um und konnte, durch das Licht geblendet, zunächst nicht alles erkennen. Als sich nach einer Weile meine Augen wieder an das Licht gewöhnt hatten, erblickte ich zwei Krankenschwestern, die neben meinem Bett standen, den Lebenserhaltungsapparat anstarrten und dabei heftig diskutierten. Sie bemerkten mein Erwachen, wechselten schnell ein paar Worte und liefen hektisch aus dem Zimmer. Ich blickte ihnen verständnislos zur offenen Tür nach und wollte ihnen etwas sagen, als ich eine weibliche Gestalt in dieser wahrnahm. Eine weibliche Form mit ihren bewegenden Rundungen und dem Swing in ihren Hüften. Nach so vielen Jahren der Einsamkeit dachte ich, mein Gott, ich habe es fast schon vergessen, wie Frauen aussehen und wie graziös sie sich bewegen können. Sie trat hinein und kam langsam näher. Ich konnte nur ihre Konturen erkennen; mein Blick war zu schwach, um Genaueres zu sehen, und als ich aus Ermüdung die Augen wieder schloss, spürte ich im nächsten Augenblick ihre Hand an meiner. Ich öffnete die Augen und blickte in zwei verweinte und zum Teil blau angelaufene Augen einer wunderschönen Frau. Es war Helga, sie weinte und ich wusste nicht gleich, ob sie dies vor Freude oder nur vor Trauer tat, weil ich noch immer in dieser verdammten Welt verweilte.

Sie beugte sich zu mir runter und küsste mich auf den Mund und im selben Moment war da ein Brennen auf meinen Lippen, welches sich wie tausend Nadeln in die Schädeldecke bohrte.

»Autsch«, sagte ich leicht verkrampft, dabei mit der Zunge meine Lippen fühlend. Sie waren vollkommen verkrustet, so, als wäre ich ein Jahr in der Wüste gelegen. »Was ist passiert?«, fragte ich, ihr Gesicht nach Antworten absuchend. »Du lagst im Koma und warst über zwei Jahre bewusstlos«, sagte Helga, mich mit den Augen kritisch musternd. »Zwei Jahre«, erwiderte ich fast geschockt.

»Ja«, bestätigte sie. »Zunächst der Sturz am Fliesenboden in der Garage. Ein offener Bruch. Danach ein Virus, der dein Nervensystem angegriffen hatte. Die Ärzte hatten dich aufgegeben, aber ich nicht, ich wollte nicht, dass sie die Maschinen abschalten. Ich wusste, du kommst wieder zurück.« »Ja, das wusstest du«, sagte ich mehr feststellend als fragend. Sie sah mir tief in die Augen und sagte: »Ich liebe dich, du kannst nicht gehen, solange diese Liebe in mir brennt.«

Diese Worte übermannten meinen geschwächten Blick und ich schloss schützend meine Augen. Aber es war zu spät, ihre Worte nahmen mit der Leichtigkeit einer frischen Brise meine Augenlider und drangen über den Kopf in meinen Brustkorb ein. Und als sie dort ankamen, entflammten sie dort ein Feuer, welches mich zu verbrennen drohte. Das Feuer breitete sich in meinem ganzen Körper aus, und als ich meine Augen wieder öffnete, warf mein Blick diese Flammen zu ihr zurück und ich erkannte, wie ich ihr Innerstes berührte.

Ich sah gebannt in diese wunderschönen, klaren Augen und schmerzlich musste ich feststellen, dass sie geschunden, gequält und gemartert aussahen. Obwohl sie von Liebe sprach, war da eine Trauer in ihren Augen, die mich etwas anderes erahnen ließ.

Es war etwas mehr in ihren Augen, etwas, was ich vorher nie so klar gesehen hatte. Es war etwas Vertrautes und dennoch Fremdes. Das Fremde schrie mich förmlich an und das Vertraute, ja, das Vertraute trug die Bitterkeit ihrer Erfahrung mit sich, die nur mir gelten konnte, welche ich vorher nie sah.

Aber jetzt sah ich es deutlich und ich sah darin das Leid, welches von mir ausging und ein Schlachtfeld hinterließ, wo die Wunden nicht geheilt waren und die geschundene Seele nach Erbarmung schrie. Und doch sah ich ihre Liebe darin und die Wärme, die von diesen Augen ausging. Es erinnerte mich an die Wärme des Kamins in dieser Hütte auf Galoosan, wo nur sein Feuer mich in diesem tobenden Sturm erwärmen konnte. Wärme, die mein Herz und meine Seele berührte, und genau in diesem Moment, wo ich im Spital nach zwei Jahren die Augen aufschlug, gaben mir diese beiden Augen jene Wärme wieder, welche mir ermöglichte aufzustehen.

Zu Hause angekommen, waren von den erwarteten 14 Kindern nur fünf da, die mich begrüßten. Ich blickte doof drein, als sie mir lächelnd erklärte, das es nie mehr gewesen waren. »Ich müsste es ja wissen, oder?«, sagte sie und ihr Lächeln wandelte sich zu einer Sonne, die meine dunkle Seite erhellte und mich erkennen ließ, dass es tatsächlich nicht mehr waren. Es gab zu meiner Verwunderung zwar einen Hund, Bello, aber keinen Hasen und kein fettes Meerschweinchen, welches seinen Käfigboden mit Fäkalien pflasterte. Ich fragte nach: »Wir haben echt keinen blöden Hasen hier?« Und sie wiederholte lachend: »Nein, wir haben keinen blöden Hasen, warum?« Ich lächelte über ihre Ausdrucksweise und empfand eine unheimliche innere

Befreiung bei ihren Worten, die ich davor selten vernommen hatte. Tage vergingen und die Körperkraft kehrte langsam in mir zurück. Ich betrieb täglich Fitness und versuchte, die körperliche Meisterschaft jenes Zustandes zu erlangen, welcher in meiner Erinnerung an Galoosan in mir präsent war. Ich spürte förmlich, wie mein Körper nach Widerstand lechzte und wie er dabei immer stärker wurde.

Eines Tages geschah es. Unverhofft und auf leisen Pfoten sprang es mich an. Es entstand ein gewaltiger Konflikt zwischen den Kindern. Sie stritten und schrien sich mit aller Kraft im Wohnzimmer an. So, wie es Kinder halt ungezügelt und ungebremst in ihrer Kraft machen, sie streiten bis aufs Letzte. Ich war zu Hause und fuhr dazwischen. Helga wollte etwas sagen, aber ich war bereits da und hob den Mittleren auf, welcher für mich der Aggressor der Gruppe war. Er schrie auf und in einem Moment schmierte er mir eine.

Ich hielt ihn fest, spürte den Zorn in mir aufsteigen und dann war es auf einmal da, unvorhergesehen und nicht erwartet veränderte sich mein Empfinden. Am liebsten, dem Gefühl folgend und so, wie es in der Vergangenheit immer der Fall gewesen war, hätte ich nicht nur dem Mittleren, sondern gleich allen zusammen Prügel verteilt, sogar der Helga. Nur diesmal war es anders, etwas in mir war anders. Ich stand da, hielt den Kleinen in den Händen vor mich gestreckt und blickte ihm tief in die Augen. Wir sahen uns an und ich spürte dabei seine Kraft, die fast nicht zu bändigen war. Und ich spürte meine Kraft, die kaum Grenzen kannte, und doch war da eine kleine, kaum wahrnehmbare Schranke in mir, ein schmaler Grat, welcher sich »Widerstehen« nannte.

Meine Gefühle mischten sich mit der Ohrfeige, die noch immer an meiner Wange brannte und die meinen falschen Stolz unermüdlich forderte. Ich widerstand dem Drang, ihnen allen Prügel zu verteilen, und ich widerstand jenem kleinen Kind in mir, welches beleidigt der Versuchung nach Rache gegenüber einem kleinen Jungen nachgab, welcher nur seine Freiheit lebte und daran scheiterte, diese nicht zu beherrschen. Ich blickte ihn an und bemerkte in seinen Augen, dass sein Drang nach Gerechtigkeit aus ihm nur so herausschrie und diesem Drang entgegenkommend, umarmte ich ihn, drückte ihn an mich und spürte in diesem Moment, wie sich unsere beiden urgewaltigen Kräfte ineinander vermischten. Meine Kraft floss in Wellenform auf ihn über und seine wieder auf mich, während uns beiden der Zorn und Wildheit fast die Sinne raubte. Ich ließ innerlich los und konnte nur beobachten, wie diese Wildheit und dieser unbändige Zorn unserer gegenseitigen Liebe folgten.

Das alles geschah so schnell, dass Helga auf einmal neben mir stand und ihre ursprünglich gewohnte Absicht, sich schützend dazwischenzuwerfen, mit ihrer ungebremsten Bewegung an meinen Schultern und Oberarmen endete. Ich hielt unseren Sohn umschlungen und spürte, wie er langsam zur Ruhe kam.

In dieser Umarmung geschah für mich etwas Wunderbares. Es war wie eine Übertragung von all der aufgestauten Angst und dem Zorn, welche bewirkte, dass bei meinem Sohn und mir der Ausgleich der bewegenden Kräfte stattfand. Und für einen kurzen Augenblick erinnerte mich diese Umarmung an jene

Szene auf Galoosan, wo ich den Schneeleoparden umarmte und wir beide unsere Verbundenheit spürten.

Ich blickte zu Helga runter, da sie etwas kleiner war als ich, und konnte mich nicht genug sattsehen an ihrem Blick, welcher zwischen Verwunderung und Glückseligkeit wechselte. Mein Sohn sprang aus der Umarmung und gesellte sich wieder zu den anderen Kindern, wo sie, wie ich mit Freude feststellte, entspannter miteinander umgingen.

Helga sah mich lange an, und obwohl sie es nicht sagte, verstand ich genau ihre innere Bewegung. Ihre Augen öffneten mein Herz und dieser Blick, für welchen ich früher alles getan hätte, löste diesmal eine sanfte Bewegung in mir aus. Diesem inneren Widerstand folgend, nicht alles für diesen Blick zu tun, hob ich sie sanft hoch und drückte sie an mich. Sie stöhnte leicht auf und schloss ihre Beine um meine Teile, zog sich näher an meinen Körper ran und umarmte mich fest, während sie ihrer Leidenschaft die Zügel durchtrennte.

Ich stand da, mitten im Wohnzimmer, neben den Kindern, die in ihrem Tun um sich herum nichts merkten, hielt Helga um meine Lenden gewunden fest, während sich unser Feuer der Leidenschaft immer weiter ausbreitete. Wir verbrannten mit dieser das ganze Wohnzimmer, das Vorzimmer, die Küche und das Bad. Überall dort, wo wir uns kurzzeitig aufhielten, und es endete nicht an den Wänden unserer Wohnung, nein, es brannte das ganze Haus, die Straße; und am Ende fackelten wir mit unserer Leidenschaft sogar die ganze verdammte Stadt ab.

Ein halbes Jahr nach diesem flammenden Inferno war es dann soweit, ich war wieder geistig und körperlich fit, um ins tägliche Berufsleben einzusteigen. Ich bewarb mich gleich bei verschiedenen Stellen, sogar bei meiner alten Firma. Mein ehemaliger Chef nickte freundlich und sagte erstaunt über meinen aktuellen Zustand, dass es ihm leidtue, dass alle Stellen schon besetzt seien, er sich aber bei mir auf jeden Fall melden werde, wenn eine Stelle frei würde. Sein Mitgefühl für mich kam ehrlich und offen rüber und ich dankte ihm innig dafür. Ich bat ihn um Verzeihung für die endlosen Fehltritte, die er all die Jahre ausgehalten hatte. Als ich langsam seine Bürotür schloss, erkannte ich in seinem begleitenden Blick, jene Achtung meiner Person gegenüber, die ich mir mittlerweile selber zugestand.

Ich suchte ich nicht lange, ich wartete nicht ewig auf den nie erscheinenden Superjob, sondern nahm die nächste Stelle, die sich mir bot, an. Helga war bis zu diesem Zeitpunkt die Alleinverdienerin und die einzige finanzielle Rettung unserer Familie mit einem Grundgehalt, welches mich nicht Zeit vergeuden ließ, um weiter auf den Superjob zu warten. Das, was ich neben diesem Job nicht verabsäumte, war meine Weiterbildung. Dem inneren Drang folgend, besuchte ich Abendschulen, da mir eine Vision im Kopf keine Ruhe ließ, mich eines Tages als Maschinenbau-Ingenieur selbst zu umarmen.

Einige alte Freunde und Zechpartner verließen mich sogar vorwurfsvoll mit der Erklärung, dass ich zum Spießer und Arschfreund geworden sei und sie mit solchen Typen grundsätzlich nichts zu tun haben wollten. Als sie gingen, und das war eigenartig für mich festzustellen, war keine Trauer in mir über diesen Verlust. Irgendwann verstand ich, warum, es war gar kein Verlust, denn dass was darauf folgte, war pure Entlastung, begleitet von innerem Kraftgewinn, welcher mir einen Raum eröffnete, in dem ich mich wiederfand.

Am Ende gingen nicht alle Freunde von mir weg und manchmal kamen neue dazu, welche mich an manchen Tagen doch animierten, die Nacht zum Tag zu machen. Und ein solcher Tag kam dann; es war wieder Montag, das Wochenende war feuchtfröhlich wie selten zuvor gewesen und ich hatte mit einigen meiner Restfreunde bis in die Morgenstunden gefeiert.

Als der Wecker läutete, verspürte ich einen unheimlichen Drang danach, nur liegen zu bleiben. Alles tat mir weh, der Körper war bei jeder Bewegung der sinnlosen Alkoholüberflutung hilflos ausgeliefert.

Helga meinte, es wäre nichts dabei, da ich immer zur Arbeit ging, könne sie mich einmal auch krankschreiben lassen. Ich lag da und versuchte zu spüren, wie es mir dabei ging. Und dann war sie wieder da, diese kaum wahrnehmbare Grenze, die über Sieg oder Niederlage entschied und mich weder auf der einen noch auf der anderen Seite wanken ließ. Ich widerstand dem Gefühl, völlig abgeschlagen im Bett liegen zu bleiben, und winkte Helga informativ zu, sie solle das Handy wieder ausschalten und nicht meine Firma anrufen. »Ich stehe auf«, sie sah mich überrascht an und ich ergänzte mit innerer Absicht: »Wenn ich die Kraft habe, die ganze Nacht saufen zu gehen, welcher Mann wäre ich dann, wenn ich nicht die Kraft dazu hätte, auch noch am nächsten Tag aufzustehen und arbeiten zu gehen. Und sollte ich eines Tages die Kraft dazu nicht mehr aufbringen können, dann werde ich mir gut überlegen, ob ich an manchen Abenden fortgehe.« Helga stand stumm im Schlafzimmer und ich sah für einen Augenblick ein Aufblitzen in ihren Augen, so als würde sich das Sonnenlicht vom Fenster in ihrer Iris widerspiegeln. Nur da war keine Sonne, es war vielmehr ein verständnisbegleitender Stolz aus ihrem Inneren, welcher meine Nähe suchte.

Was darauf folgte, war nicht nur der innigste und berauschendste Liebesakt, wie ich ihn mit dieser Frau bis dato nie so erlebt hatte; sondern es war aufgrund der Zeitspanne auch der saftigste und kürzeste Quickie meines Lebens. Den Kollegen in der Firma war die Handlung meines Erscheinens nicht verständlich, da einigen von ihnen, bewegt von einem Meer an Alkohol, die Schwerkraft dermaßen zusetzte, dass sie dieser Wirkung kaum etwas entgegensetzen konnten und wehmütig im Bett liegen blieben. Ihnen gab ich später, als sie wieder in die Firma kamen, meine Erklärung: Dass ich die Verantwortung für mein Leben schon lange übernommen habe und die nächtliche Zechtour keine Entscheidung in mir wiederfinden wird.

Sie blickten mich völlig entgeistert an, doch einige von ihnen verstanden gut, was ich da von mir zum Besten gab.

Und dann kam der Tag, welchen ich mir am liebsten weggewünscht hätte. Es war das unaufhaltsame Herannahen jenes Blickes meiner Frau, welchen ich in ihren Augen am Tag meines Erwachens im Spital gesehen hatte. Jenes »Etwas« im Blick, was mir damals signalisiert hatte, dass da Dinge im Raum standen, die nicht gesagt wurden oder nicht gesagt werden konnten. Etwas Unausgesprochenes und Bedrohliches, etwas,

was im damaligen Moment unpassend war und doch zwischen uns unbeirrt mitschwang. Und dieses Bedrohliche begann mit so etwas Einfachem und Unschuldigem wie dem Läuten an der Haustür.

Ich bemerkte, wie Helga etwas nervös die Tür aufmachen ging. Unsere Kinder waren im Kindergarten und der Älteste in der Volksschule, als Martin, unser Nachbar, bei der Türe hereinkam. Wir begrüßten uns zaghaft und sein Lächeln erschien mir fast widerwillig aufgesetzt. Dementsprechend war unser Verhalten, als wir uns zurückhaltend zum Tisch setzten. Er fragte leicht angespannt, wie es mir nach so langer Zeit des Komas ginge und ob es Helga gut gehe. Die letzte Frage löste ein regelrechtes Trommelfeuer von Gedanken in mir aus. Ich fragte ihn, was er zum einen damit genau meine, und zum anderen, was ihn das angehe, wie es Helga gehe. Helga setzte sich zu uns mit einer Kanne Tee, und während sie uns diesen eingoss, blickte sie mich an, sodass ich gleich darauf verstand, dass seine Frage nicht unberechtigt war. Letztendlich war seine Frage einwandfrei und klar gestellt, nur, meine zwei Jahre Koma und davor nur das reinste Chaos in der Beziehung taten ihres, um zu erahnen, wohin dieses morgendliche Gespräch führen würde.

Er blickte mich strengen Blickes an, so, wie er es immer tat in seiner überheblichen Art und sagte: »Sie war alleine«, um gleich darauf Helga anzusehen. Diese Worte verursachten Schmerzen in meiner Brust. »Sie war alleine« deutete nicht auf eine Tatsache hin, sondern beinhaltete vielmehr einen weiteren Anlauf jener Attacke gegen mein Herz. Und obwohl ich innerlich gestehen musste, was meine Person betraf und alle meine Verrenkungen aus meinem vorhergehenden Leben, dass er damit nur recht hatte, so war mir dieses Eingeständnis ihm gegenüber nicht möglich. Meine Vorahnung und mein Gespür, wohin uns diese morgendliche Diskussion bringen würde, ließ keine Schwächen ihm gegenüber zu oder irgendwelche erkennbaren Zugeständnisse.

»Das war sie nicht«, erwiderte ich. »Warum? Meinst du vielleicht damit, sie hatte dich?«, erwiderte er mit überheblichem Lächeln im Gesicht. «Nein, sie hatte fünf Kinder um sich und einen gestörten Ehemann im Spital, sie war nicht allein. Aber sag, Martin, was meinst du genau damit?«, forderte ich ihn nochmals auf. Helga blickte zu mir rüber, sah mich lange an und ich erkannte in ihrem Blick jenen Schmerz im Herzen, welchen ich vorhin empfunden hatte und sie sagte: »Du hast recht, ich war nicht alleine.« Dann drehte sie sich zu Martin um und fragte ihn ebenfalls, was er genau damit meinte.

Martin, seiner gespielten Überheblichkeit nicht mehr Herr werdend, griff nach ihrer Hand und drückte diese fest an sich, sodass ich in ihren Augen jenes Leid wiedererkannte, welches ich beim Erwachen im Spital in ihrem Gesicht gesehen hatte. Augenblicklich wurde mir klar, dass es damals nicht nur Freudentränen gewesen waren, die ich gesehen hatte, sondern auch die blutunterlaufenen Augenlider, welche nur ein Ausdruck jenes Zustandes waren, die diese feste, knochige Hand von Martin ausstrahlte. Offensichtlich liegt das Leid mancher Frauen kaum merklich darin verborgen, sich zwischen zwei elenden Welten entscheiden zu müssen, während ihr ursprünglicher Sinn nach einem erfüllten Leben verloren geht. In diesem Moment verstand ich die Ursache der blauen Flecken damals an ihren Armen und ich fragte mich nicht mehr, wie diese dort entstehen konnten, wenn ich, der übliche Verursacher solcher Wunden, zwei Jahre halb tot im Spital herumlag.

Martin erkannte den Zorn in meinen Augen, welcher versuchte, sich in den Küchenraum unaufhaltsam zu verteilen, »Du weißt, dass wir es ihm sagen wollten«, sprach er eindringlich auf Helga ein, dabei ihre Hand immer fester zudrückend. Sie versuchte, sich schmerzlich aus seiner Hand zu befreien, und ich … ich saß regungslos da, von seinen Worten wie von Pfeilen durchbohrt, losgelöst, verwundet, japsend und innerlich nach Luft ringend sowie das Ende dieser Diskussion herbeisehnend. Ihr damaliger Blick im Spital, als drohender Schatten über mir, wurde wahr. Ich hatte es unbewusst damals erkannt, nur, ich wollte es nicht wahrhaben und jetzt überrollte es mich wie eine Urgewalt, welcher ich nichts entgegenhalten konnte. Während sich beide hitzige Worte ihrer eigenen Bestätigung zuwarfen, ließ ich innerlich los. Jede Form der Anhaftung an eine Beziehung, eine Ehe, eine aufrechte Familie, ließ ich in diesem Moment los und der Schmerz, der mich früher zu allen möglichen Handlungen bewegt hatte, floss wie aus einer offenen Türe aus mir heraus.

Und als ich die Augen wieder öffnete, sah ich die beiden so an, als hätte ihre Person jede Form an Bedeutung in mir verloren. Das Loslassen bewirkte in mir, dass weder Zorn, Ärger oder Eifersucht in mir andocken konnten. Ich blickte in zwei unreife und völlig verstörte Menschen, die sich, wie es mir erschien, mit ihren Verrenkungen in der Zeit verloren hatten. Ich war, und das spürte ich in diesem Moment, endlich frei von allen

Beziehungsmustern und blickte die beiden vollkommen entspannt an.

Martin sah nervös abwechselnd mich und Helga an, die selbst begonnen hatte, mich mit ihrem Blick zu fixieren. Ich starrte bedingungslos in beide hinein und war mir der Tragweite meines Handelns all die Jahre, abgesehen vom Koma, vollkommen bewusst und dass ihre gegenseitige Zuneigung nur deshalb entstehen konnte, weil ich fehlte, weil ich nicht meinen Platz einnahm.

Unerwartet fing Helga zu reden an: »Martin, du hast mir die ganze Zeit geholfen, als ich mit den Kindern alleine war und ich damals nicht wusste, wie ich es ohne deine Hilfe je geschafft hätte zu überleben. Dafür bin ich dir zutiefst dankbar. Dabei ist etwas passiert, dessen ich mich nicht schäme, da es zu jener Zeit die richtige Entscheidung war. Aber es hat sich mittlerweile vieles verändert, vieles hat sich wieder in ein altes Gefühl von mir eingefunden, wo es immer schon Platz hatte.«

»Das versteh ich nicht«, sagte Martin fast hektisch und drückte ihre Hand noch fester. Ich jedoch verstand genau, was sie da sagte, und griff nach seiner Hand. »Lass sie jetzt los«, sprach ich ruhig und gefasst zu ihm, während ich ihm in die Augen blickte. Dort sah ich wieder seine Überheblichkeit, die zur Höchstform gereift war, seine Bereitschaft zur Gewalt mir gegenüber, weil er immer körperlich stärker war als ich, und ich sah seinen Schrei nach Liebe, welcher sich mit letzter Kraft an diese zarte Hand klammerte, die jeden Moment aus seiner … für immer entglitt. Ich drückte seinen Unterarm stärker zusammen und Helga konnte sich aus seiner Hand befreien.

Ich stand unmittelbar danach auf und er, mit der schmerzlichen Feststellung, dass er diese Frau für immer verloren hatte, stieß sie grob weg, sodass Helga zu Boden fiel. Kurz darauf machte er sich den Weg frei, mich zu attackieren. Ich nahm eine Position zu ihm ein, die mich aus der Erinnerung an Galoosan unbewusst leitete und vollkommen wach machte. Diese Haltung war mir so vertraut, dass ich sie automatisch einnahm. Gleichzeitig setzte die Spannung in meinem Körper ein und ich spürte, wie sich meine Bauchmuskeln und mein Kinn den nötigen Druck aus dieser holten.

Martin war um einen ganzen Kopf größer als ich und sein muskulöser Körper drohte jeden Augenblick über mich herzufallen. Ich sah in seine Augen und sah seine Kraft; ich sah seinen Zorn und ich sah den Bären am Höhleneingang, welcher sich jeden Moment auf mich stürzen würde. Ich spürte die Kälte in mir hochsteigen, jene Kälte aus Galoosan, welche mich jeden Kampf überleben ließ. Diese flutete meinen Körper, erweckte den Krieger in mir und drang wieder bei meinen Augen aus. Und kurz, bevor sich dieser Augenblick des Angriffs formte, einen Hauch von Moment, bevor die erste innerliche Regung den Angriff bestimmt und diesen nach außen trägt, sagte ich zu ihm, den Ausgang des Kampfes erahnend: »Ich will nicht mit dir kämpfen, nur, wenn du jetzt angreifst, Martin … dann wirst du sterben.«

Wir standen unbeweglich da und blickten uns beide lange an. Meine Augen waren zwar entspannt und doch schwang in ihnen die gesamte Eishöhle mit, die ich auf Galoosan aufgesogen hatte. Wenn es einen Kämpfer gab, einen Krieger, welcher mir in diesem Augenblick in die Augen sah, so konnte er dabei nicht nur die vollkommene Kampfbereitschaft erkennen, sondern mit Sicherheit den eigenen Tod, welchen die Eiseskälte von Galoosan mit sich trug. Und es war nur eine Frage, nein, nur eine einzige Entscheidung, nämlich jene, ob er, so wie ich, bereit war, in den Tod zu gehen. Martin war ein Kämpfer, trotz der überheblichen Erfahrung all der Jahre mit mir erkannte er in diesem Moment, dass nur einer diesen Kampf lebend verlassen würde. Das Risiko, das herauszufinden, wollte er nicht eingehen; er sah Helga kurz und wehmütig an und verschwand darauf aus der Küchentür.

Helga und ich standen da, beide aufgewühlt und gebannt von den Ereignissen, die geschehen waren. Die untreue Frau und das Arschloch von Mann. Doch die Zeiten hatten sich gewandelt, so wie die Menschen, die dem Wandel folgten. Wir waren nicht mehr an jenen Plätzen vorzufinden, welche den zerreißenden Schmerz in unseren Seelen verursacht hatten. Helga sah mich an, nicht fassend die Worte und Handlungen, die ich vorhin mit Martin vollzogen hatte und ich, ihre vorigen Worte am Tisch vollkommen verstehend, fragte sie, ob sie mir verzeihen könne und ergänzte: »Seit Längerem zerschneidet eine Frage meine Brust. Ich frage mich, ob du dem Glück in deinem Herzen … meinen Namen gegeben hast?«

Ihre Augen füllten sich mit Tränen. Im nächsten Moment schrie sie meinen Namen mit aller Kraft heraus. In ihrem Schrei schwangen Schmerz, Lust und Leidenschaft mit, dabei berührte sie mit diesem die tiefsten Stellen in mir und glättete die Wunden meiner Seele, die sich nach Vereinigung sehnte. Ich kam zu ihr und umarmte sie. Sie küsste mich weinend überall im Gesicht. Ich hielt sie fest umarmt, streichelte ihre Stirn, ihre Lippen und ihren Kopf. Wir versanken augenblicklich in Leidenschaft und die Welt um uns herum ergoss sich in die Bedeutungslosigkeit.

Das Feuer unserer Leidenschaft explodierte regelrecht in uns. Unsere beiden Körper brannten vor Lust und unsere Leiber bewegten sich harmonisch zueinander, so, als hätten sie schon seit Anbeginn der Zeit immer den anderen in sich aufgenommen. Meine Hände brannten und ich spürte ihre höllische Körperwärme, während ich über ihren Bauch und ihre vollkommen geformten Brüste hinauf zum Kopf strich. Ich erfasste ihre Haare, die mittlerweile völlig nass waren, und zog leidenschaftlich ihren Kopf nach hinten. Sie stöhnte erregt auf, als ich sanft in ihren Hals biss, welcher mir lustvoll entgegen schwang.

Die Intensität unserer Lust und Leidenschaft raubte mir fast das Bewusstsein. Gleichzeitig spürte ich die Liebe dieser Frau an allen Stellen meines Körpers, meines Geistes und wie sie mit Leichtigkeit zu meinem Herz drang. Ich spürte die unbändige Macht, mit welcher sie dabei mein liebendes Herz forderte. Ohne Rücksicht auf Ablehnung oder das Abwarten von Zurückweisung, ohne den ängstlichen Ansatz, dass diese Liebe nicht erwidert werden könne. Sie nahm mit Unbeschwertheit alle Hürden in mir und ich ergab mich willig dieser Forderung nach Verschmelzung, dabei bewusst erkennend, dass es meinen persönlichen Tod forderte. Ich ging in der Auflösung und Verschmelzung auf, welche unsere Liebe einforderte, und ich erkannte dabei, dass auch sie ihre Form verlor und sich vollkommen in mir ergoss.

Tage vergingen, es war wieder Frühling und das nicht nur in unserem Herzen. Die Sonne wärmten die letzten kalten Stellen im nahe gelegenen Stadtpark und ich saß an einer Parkbank und beobachtete das Geschehen am Kinderspielplatz. Helga tollte mit unseren Kindern herum und ich genoss die ersten Sonnenstrahlen des Jahres, bevor ich mich zu ihnen gesellte.

Mein Blick wanderte zu einem Pit Bull Terrier, welcher, keine drei Meter von den Kindern, unbeaufsichtigt und ohne Maulkorb, dastand. Eine leicht krampfhafte und schmerzliche Regung entsprang sofort in mir, so, als würde die Ahnung das Wissen überholen und dabei schmerzliche Risse der Erkenntnis auf der Haut hinterlassen. Ich starrte auf diese unendlich hässliche Schnauze des Viehs, welche zu fletschen begann und wo die blanken Reißzähne zum Vorschein kamen. Ich sah die Bewegung in seinem Blick und die Absicht, die aus diesem folgte. Ich sah seinen Körper, welcher angespannt dastand, so wie die Sehne eines Bogens kurz vorm Loslassen des Pfeils. Seine Schnauze, welche spitz nach vorne gerichtet war und wie ein Pfeil in die Richtung meiner Kinder zielte. Meine Kopfhaare spannten sich unmerklich, und während ich noch da saß und die Wärme der Sonne auf meinem Körper spürte, fühlte ich gleichzeitig die unendlich große Kälte in mir emporsteigen. Jene bekannte Kälte, die aus Galoosan zu mir drang, welche das Widerstehen meiner Angst einläutete. Jene feine, kaum wahrnehmbare Grenze, die zwischen Sieg und Auslöschung entschied und im Moment damit beschäftigt war, all jene Bilder, die ich von solchen Hundeattacken gesehen hatte, aus meinem Gedächtnis zu blocken. Es war der Augenblick des Widerstehens, so kurz vor dem Moment des innerlichen Scheiterns und bevor der Krieger in mir erwachte, hörte ich die Stimme meines Meisters »Jetzt« schreien.

Ich stürmte los, sah in die Augen des Hundes, welcher durch meine Bewegung auf mich aufmerksam wurde. Als er mir ebenfalls in die Augen blickte, erkannte ich die Veränderung in seinem Verhalten, da offensichtlich auch er in der Lage war, die Kälte in meinen Handlungen zu erkennen. Ich wusste um die Gefahr dieses Tieres, wenn es sich einmal verbissen hatte, sich nur durch den Tod trennen ließ, und ich wusste, dass ein Kinderkörper dieser rohen Gewalt nichts entgegenhalten konnte.

Mit ein paar Sätzen erreichte ich meine Kinder und konnte beobachten, wie er panikartig das Weite suchte. Helga und die Kinder hoben ihre Köpfe und sahen mich fragend an, während ich da stand, außer Puste, mit breitem Grinsen und dem innigen Wunsch, sie alle vor Erleichterung und Glücksgefühl zu umarmen.

Jahre später bewältigte ich meinen Abschluss als Maschinenbau-Ingenieur und das mit Bravour. Ich erarbeitete mir meinen Berufstraum, aber leicht war es nicht, da es meinen Geist vollkommen forderte, welcher diese Form des Lernens aus meinem vorigen Leben nicht gewohnt war, und ich mir diese Fertigkeit erst aneignen musste. Mein Widerstehen half mir dabei, nicht aufzugeben, aber es war manchmal grenznah am Scheitern und nur das Loslassen rettete mich vor dem totalen

Versagen. Wenn ich manchmal dem Wunsch des Aufgebens mit letzter Kraft widerstehen konnte, so war das Loslassen wie ein Dammbruch, welcher mir den inneren Druck nahm und mich wieder ausrichtete, meiner ursprünglichen Absicht zu folgen.

Irgendwann sprach ich mit Helga über meine Erlebnisse auf Galoosan. Ich erzählte ihr von der Höhle und dem Kristall und wie viele Jahre des Kampfes dort vergingen, bis ich dem einen Krieger in dieser Hütte begegnete, welcher dazu beitrug, dass ich mich innerlich wieder ausrichtete. Obwohl sie nicht alles nachvollziehen konnte, was da mit mir geschehen war, so war sie über meine Wandlung glücklich. Sie sagte, dass ihr Mann, welchen sie schon immer geliebt habe, endlich nach Hause zurückgekehrt sei und das alleine reichte ihr, ohne wissen zu wollen, wo Galoosan liege.

Auch für mich war das Erwachen auf Galoosan wie ein Nachhausefinden eines Kriegers, welcher sich zu weit weg vom Lagerfeuer seines Klans entfernt hatte. Trotz aller meiner innerlichen Veränderungen und neuen Erfahrungen, die ich mit einem recht unbekannten Wesen gemacht hatte, welches ich selbst war, so blieb eine Konstante immer in mir präsent. Es war das leise Flüstern jener Stimmen, die mich in den widrigsten und dunkelsten Situationen meines Lebens den Weg wiederfinden ließen.

Zerrissenheit trotzt beiden Wirklichkeiten

Es war ein Tag wie jeder andere und doch anders. Der Morgen war der gleiche wie all jene davor, mit zeitigem Aufstehen verbunden, und doch war er abweichend. In der Früh beim Aufstehen spürte ich eine Schwankung und eine Unruhe in mir, so, als würde ich über einen Zustand unglücklich sein, den ich nicht kannte. Wie durch eine Vorahnung bestimmt lösten sich die Gefühle in mir gegenseitig ab und wechselten unkontrolliert die Plätze meiner Erkenntnis, sodass ich sie nicht rechtzeitig genug erfassen konnte, um sie zu verstehen. Eine Verlorenheit zerschnitt meine Brust und mein Magen konnte nur auf diese Leere reagieren, indem er kurzfristig ein Knurren von sich gab.

Ich blickte aus dem Fenster, es war Sommer und die Menschen auf den Straßen bewegten sich hastig in unterschiedliche Richtungen, mit der erkennbaren Absicht, irgendwo pünktlich anzukommen, wo auch immer das sein mochte. Ich blickte auf die Uhr, es war zehn nach sechs und im selben Moment vernahm ich unseren Teekessel, welcher freudig mit seinem schrillen Pfeifen aus der Küche herüber den Tag ankündigte.

Es waren genau zehn Jahre vergangen, seitdem ich den Ort Galoosan verlassen hatte oder verlassen musste. Es war jener junge Krieger gewesen, welcher mir mit seiner Präsenz angekündigt hatte, dass ich den Platz freimachen müsse, damit er innerlich wachsen könne. Im Nachhinein betrachtet, empfinde ich eine Wehmut jenen Augenblicken gegenüber, wo ich mich im Kampf und in so mancher Ausweglosigkeit lebendig fühlte. Zehn Jahre ist es her, seit ich um mein Leben kämpfte und mich sogar mit den Tieren verbündete. Ich lief mit ihnen durch die eisigen Landschaften, jagte und teilte die Beute mit ihnen. Und jetzt, weit weg von all den Gefahren und Abenteuern, die auf Galoosan auf uns Krieger warten, verbringe ich die endlosen Tage des Friedens und der Ruhe, ohne jegliche Herausforderung und das endlose Warten auf das stille Ende eines Kriegers. Mein Leben hat sich vielfach verändert. Ich lebe in einem neuen Körper einen neuen Geist und meine Fähigkeiten sind unendlich gewachsen und doch spüre ich, dass mir diese Vielfalt ein Gefühl der Verlorenheit vermittelt. Ich stelle fest, dass viel Wissen und viel Können entwurzeln können. Auf einmal war ich in jedem Thema dabei und doch nirgendwo wirklich.

Ich erlernte in der Zwischenzeit einige Fremdsprachen und bereiste mit Helga jene Länder, wo ich diese Sprachen innerlich festigen konnte. Meine Neugier glich einem offenen Tor, welches, von Ereignissen angezogen, alles in sich hineinließ. Und doch waren da eine Leere und eine Verlorenheit, die eine Art Vakuum in mir erzeugten, wo mir manchmal der Atem fehlte. Es war so, als würden zwei völlig konträre Seiten an mir ziehen. Die Spannung des Zuges war dermaßen groß geworden, dass ich das Gefühl hatte, hochgezogen zu werden und den Boden unter den Füßen zu verlieren.

Hin und wieder erinnere ich mich an Galoosan, jenen Ort, welcher mich zu Beginn meiner Reise geistig vollkommen leer machte und mir erst dadurch den freien Blick auf den Augenblick ermöglichte. Und jetzt, so voller Wissen und unterschiedlicher Betrachtungsweisen, beginne ich zu verstehen, wie hinderlich dies sein kann. Ich konnte verschiedenste Betrachtungen einnehmen; ich verstand meine Frau, zugegeben ... manchmal, ich verstand meinen Vorgesetzten, ich verstand unsere Kinder und ich verstand jeden Menschen, mit dem ich zu tun hatte. Ich konnte mich in alle hineinversetzen und ihre Ansicht nicht nur teilen, sondern vollkommen vertreten, obwohl sie mir vorher konträr erschienen. Ich war in der Lage, vieles zu verstehen, und doch war da jedes Mal ein bitterer Beigeschmack, ein verstecktes Gefühl in meinem Inneren, so, als würde dabei etwas Wichtiges fehlen. Ich war in allen Denkprozessen, in allen Themen meiner Bekannten und Freunde und ich war in allen Dialogen der nachvollziehbare Geist, aber etwas fehlte. Ich spürte, dass da eine Welt in mir klaffte, die ich zwar gut verstehen konnte, aber nicht fühlte, dass ich das tat. Mit jedem neuen Wissen und weiterer Erkenntnis wurde diese klaffende Spalte immer größer.

Der Psychologe, welchen ich aufsuchte, gab zur Erklärung, dass ich nur derzeit mit den beiden Jobs, die ich parallel ausübte, etwas überfordert wäre und ich mal etwas leiser treten solle, damit nichts Schlimmeres passierte. Zu meiner Frage nach meinem Magen und dem Vakuum verschrieb er mir ein paar Tabletten, die mich garantiert auf Vordermann bringen würden. »Es war nur der Reizmagen«, meinte er und ich, ich fragte nicht einmal mehr nach, was das für ein Gift sei, welches er mir da verschrieb. Das in seinen teuren Therapiestunden bittererworbene Wissen sagte mir, dass ich diese von der Apotheke nicht abholen würde. Auch verstand ich, dass er offensichtlich nicht erkannte, was mit seinem Kunden, sprich, mit mir, gerade passiert. Was soll ich sagen, wenn manche Psychologen, anstatt mit offenen Augen zu sehen, lieber in ihren sterilen Abiturarbeiten schmökern. Sich dabei selbst zu beweisen und die beruhigende, längst vergrabene Ursache dafür zu finden, weshalb sie überhaupt dieses Studium angetreten hatten.

Helga kam ins Schlafzimmer und sagte: »Komm, der Teekessel schreit nach dir, lass uns endlich frühstücken, sonst hört er nicht auf zu Brüllen.« Dabei lächelte sie mich mit ihrem gewinnbringenden Lächeln an, welches jedes Eis in mir zum Schmelzen gebracht hätte, nur nicht heute Morgen.

Ich blickte sie an, während ich mir die Hose anzog, und sah ihr in die Augen. Sie beobachtete mich ebenfalls, und als sich unsere Blicke trafen, erkannte sie ganz gut, was in mir vorging und dass meine innere Zerrissenheit keiner ihrer bekannten Welten angehörte.

Sie schloss für einen Moment ihre Augen, so, als unterbräche sie diese Verbindung, die sie ängstigte, die sie an eine Grenze bringen würde, an die sie nicht gehen wollte. Als sie wieder die Augen öffnete, waren es Tränen, die ich als Letztes sah, während sie hastig aus dem Zimmer ging. Kurz danach setzten wir uns schweigend zum Tisch und aßen unser Frühstück, welches an diesem Morgen so rein nach gar nichts schmeckte.

Ich küsste Helga, bevor ich die Wohnungstüre hinter mir schloss und den Gehsteig der Stadt mit meinem rechten Fuß begrüßte. Auf dem halben Weg zu meiner Arbeit kreuzte ich die eine Quergasse, die mit einer kleinen Brücke den Fluss querte, welcher sich in den nahe gelegenen Stadtpark schlängelte. Ein

Gefühl, eine Ahnung oder doch nur die Leere in mir die nach dieser Gasse schrie, ließ mich den Weg durch diese einschlagen. Kaum hatte ich die Schattenseite der Gasse erreicht, kamen mir aus der anderen Richtung zwei Männer entgegen. Sie waren laut und diskutierten heftig, so, als würden sie eine Meinungsverschiedenheit austragen. Ich musterte beide und irgendetwas war an ihnen, was mir nicht gefiel. Irgendetwas sagte meinem Gefühl, was meine Augen nicht mehr sahen. Ich blickte sie prüfend an, während sie versunken in ihrem Dialog miteinander sprachen.

Und dann war es wieder da, dieses dumpfe Gefühl von heute Morgen. Eine wahre Rebellion entfachte in mir, die mich in zwei entgegengesetzte Richtungen zerrte und mich dabei von jener Realität entfernte, die jetzt, in diesem Moment, wichtig war. Mein Gefühl donnerte an mein Herz und löste Schwingungsmuster aus, die mich so schnell wie nur möglich von diesem Ort wegbewegt hätten, während mein Kopf ruhig blieb und jene träge Wirkung in mir erzeugte, welche mir die Gewissheit gab, dass eh alles in Ordnung sei.

Zu spät fiel mir ihre Kleidung auf, die unordentlich und verschmutzt erschien. Zu spät erkannte ich ihre Narben im Gesicht, die von einem Leid zeugten, welches nicht mehr zuordnend war. Von jenen, durch welche sie diese Narben erhielten, oder war es nur ein Hinweis auf ihre eigenen Gräueltaten, die sie brandmarkten, während sie anderen Leid zufügten.

Sie erreichten meine Anhöhe und in einem blitzschnellen Tempo sprang der Rechte von ihnen, welcher mir dünn und schmächtig erschien, auf meine rechte Seite und drückte mir eine Pistole an den Hals. Im selben Moment war der andere zur Stelle. Ein sportlich aussehender, junger Mann mit blonden, fettigen Haaren schrie auf mich ein und holte ein Klappmesser heraus.

Ich stand da, völlig entkräftet von dem vorhergehenden zerrenden Kampf in mir, und konnte nur zusehen, was sie mit mir machten. Ich hörte zwar, alle beide auf mich einschreien, doch ich verstand kein Wort von dem, was sie sagten. Ich wehrte mich nicht, ich ließ alles mit mir geschehen, ohne eine einzige Gegenwehr. »Hör zu, du Arschloch, gib uns dein ganzes Geld, los oder wir schlitzen dich hier auf«, hörte ich den Blonden sagen. Dabei schnitt er mir mit der Klinge das Hemd auf. Die Waffe des anderen drückte auf meinen Kehlkopf, sodass ich kaum Luft beim Atmen bekam.

Ich sah leicht zur Seite und stellte mit Bitterkeit fest, dass niemand aus der Quergasse, aus welcher ich gekommen war, sich zeigte. Keine Hilfe, die Gasse war leer und der Augenblick für diese beiden, war perfekt gewählt. Ich griff langsam mit meiner rechten Hand in mein Sakko, während ich dem Blonden ins Gesicht starrte. Es war ein junger Mann so um die 20, er hatte schrecklichen Mundgeruch und roch als Ganzer nach Müll. Für einen kurzen Augenblick dachte ich, ich würde von zwei Pennern ausgeraubt, denn beide stanken bestialisch nach Fäkalien. Der Blonde schnappte sich gleich meine Brieftasche, und während mich der andere festhielt und seine Waffe immer fester in meinen Hals bohrte, schaffte ich es, gerade noch loszulassen. »Was, das ist alles?«, schrie der Blonde mich an.

»Das ist alles, was du hast, du blöde Sau? Der ist ja ein ärgerer Penner als wir«, schrie er nochmals auf.

Ich blieb stumm, ich brachte kein Wort heraus und antwortete nicht. Für einen Moment, während ich losließ, musterte ich den Blonden und erkannte seine Schwächen und meine Angriffsstrategie, doch nichts geschah in mir, ich blieb innerlich stumm. Die beiden zerrten mich, voller Zorn und endlos erscheinenden Drohungen, weiter in die Schattenseite der Gasse. Ich wusste, was gleich geschehen würde. Ich spürte einen dumpfen Schlag auf meinem Hinterkopf und ging in die Knie. Ich wurde nicht bewusstlos, im Gegenteil, ich wurde durch den Schlag sogar wacher und spürte, wie meine Knie zu schmerzen anfingen, da der Asphalt an diesem frischen Morgen Härte zeigte.

Ich war verwundert, dass der Schmerz in den Knien vor dem Schmerz am Hinterkopf entstand, obwohl ein Zeitunterschied der Ereignisse bestand. Ich konnte nicht alles mit meinen Sinnen erfassen, als mir der Blonde mit seiner Faust ins Gesicht schlug. Mein Kiefer wollte sich von meinem Gesicht verabschieden und der Schmerz, welcher damit einherging, durchbohrte meinen Kopf wie eine spitze Eisenstange und brachte mich der Ohnmacht näher. Ich sah in den Augenwinkeln, wie der Mann mit der Pistole nach vorne sprang und die Waffe auf meinen Kopf richtete.

Ich sah hinauf zu ihm und blickte ihm in die Augen. Ich ließ vollkommen los, es gab keinen Widerstand mehr in mir und nur die Bereitschaft, den Tod zu umarmen, richtete meinen Körper auf. Wir blickten uns an und ich sah in seinen Augen das Zögern, sowie meine Chance des Angriffes und doch blieb ich ohne Handlung. Etwas in mir verlangte nach Ruhe, nach Entspannung, nach endloser Erlösung von dieser Zerrissenheit, die meine Brust sprengte.

Ich kniete da, regungslos, meine Hände hingen zu Boden und nur meine Augen suchten seine, um darin zu erkennen, dass er den Tod, welchen er hier ankündigte, kannte. Der Blonde wurde hektischer und schrie ihn an, dass er endlich abdrücken solle, bevor wer käme. Doch der dünne Schmächtige sah mir gebannt in die Augen und seine Hand begann zu zittern. Ich sah ihn ohne Angst und ohne Vorwurf an und nicht einmal Zorn war in mir zu lesen.

Ich ließ nochmals vollkommen los und der Raum, welcher dabei in mir entstand, erreichte nach kurzen Momenten meine Augen und ergoss sich aus ihnen, mit derselben Leere, die diesen Raum füllte. Ich spürte, wie sich sein Blick hilflos in meinen ergoss, da keine Schranke und kein Widerstand meine Augenlider bewachten. Ich nahm diesen jungen Mann in meinem Blick auf, so, wie er schon immer war. Er war kein Mörder, das erkannte ich, und sein Zögern bestätigte meine Erkenntnis. Der Blonde schrie mittlerweile uns beide abwechselnd an. Ich verstand kein einziges Wort, was er sagte, als er im nächsten Moment den Dünnen aus meinem Blickfeld riss und beide fluchtartig in den nächsten Schatten der Gasse verschwanden.

Ich kniete an dieser Stelle und bewegte mich nicht, da die Gedanken in mir unaufhörlich den Ausgang dieser Geschichte suchten und ihn dabei nicht fanden. Nach kurzer Zeit tauchten

Passanten auf, und obwohl ich am Kopf und am Kinn blutete, kam keiner näher, um mir zu helfen. Als sie mich dort so kniend sahen, querten sie gleich die Gasse, da sie annahmen, dass ich ein Bettler sei und nur ihr Mitleid und Geld wolle. Menschen gingen vorbei, ich sah ihnen in die Augen und erkannte dort Widerwillen, Zorn, Abscheu, aber auch Mitgefühl und Angst. Manche gingen vorsichtig, manche hektisch, um der Situation zu entfliehen, aber keiner blieb stehen, um zu fragen, was mit mir los sei. Aber auch das war mir bereits vollkommen egal,. Ich konnte mich weder fürs Aufstehen noch fürs Verharren in der knienden Position entschließen.

»Was machen Sie da?«, hörte ich eine sanfte, piepsende Stimme zu mir sagen. Ich blickte hoch und sah eine ältere Dame, die neben mir stand und mein Gesicht ängstlich musterte. »Mein Gott, was ist denn mit Ihnen passiert?«, fragte sie, dabei ihre Betroffenheit in den Worten tragend. Sie nahm gleich ein Tuch aus ihrer Tasche heraus und versuchte, das Blut an meinem Hinterkopf vorsichtig abzutupfen. Erst jetzt spürte ich den stechenden Schmerz an meinem Hinterkopf und an meinen Knien, die höllisch schmerzten.

Ich richtete mich auf, putzte mein Gewand mit der Hand so gut ich konnte ab, richtete mir den Anzug wieder zurecht, welcher durch das Gezerre mit den beiden verrutscht war, und wendete mich zu der alten Dame. Sie lächelte und man sah ihr die Schönheit ihrer vergangenen Tage an, die in ihrem Gesicht sympathische Grübchen an den Wangen zauberte und dabei Sanftmut und Wärme ausstrahlte. »Sie sind eine mutige Frau«, hörte ich mich sagen und sie erwiderte: »Nun, junger Mann, ich bin mittlerweile so alt, wovor soll ich mich noch fürchten?«

Ich lächelte zum ersten Mal an diesem sonderbaren Tag. Umarmte sie innig, während ich mich nochmals bei ihr bedankte. »Sie, gehen Sie aber gleich zum Arzt, damit es nicht schlimmer wird.« Ich lächelte zum zweiten Mal an diesem Tag und sagte: »Das kann nicht mehr schlimmer werden.« Und obwohl wir mit Sicherheit etwas anderes meinten, so war die Verabschiedung doch eine herzliche. Ich versicherte ihr, dass sie sich jetzt keine Sorgen mehr um mich machen müsse, da es mir besser ginge.

Als ich über die kleine Brücke in Richtung Stadtpark ging, blickte sie mich besorgt und kritisch von Weitem an. Ich schmunzelte, während ich ihr zuwinkte, und sagte: »Also echt, den Omas dieser Welt kannst du nichts vormachen, die haben so viel erlebt, fürchten sich fast vor gar nichts und lesen dich wie ein offenes Buch.« Als ich die kleine Brücke verließ, sah ich sie von Weitem in der Gasse stehen und in meine Richtung blicken. Ich war zwei Häuserblocks von unserer Wohnung entfernt und wollte weder heim noch zur Arbeit. Ich wollte nur Ruhe finden und suchte diese in dem nahe liegenden Park.

Der Stadtpark, welcher die Einwohner zur täglichen Erholung einlud, hatte einen kleinen Ententeich in seiner Mitte. Er war gesäumt von einem Waldgürtel, welcher den lärmenden Verkehr der Stadt abschirmte und eine Oase der Stille bot. Von Weitem her sah ich jene Parkbank, die ich zu meiner Lieblingsbank auserkoren hatte. Es war die einzige Parkbank, die genau in der Mitte des Parks stand, wo sie kein Lärm der Stadt erreichen konnte. Mit schmerzenden Gliedern und immer noch leicht benommen, stellte ich mit Bedauern fest, dass da jemand auf dieser saß.

Gequälten Blickes suchte ich den Park nach weiteren Bänken ab und setzte mich gleich auf die nächstbeste nieder. Ich brauchte dringend eine Pause, denn das, was mir vorhin passiert war, wühlte meine Emotionen auf und für einen kurzen Augenblick fielen sogar Tränen der Erschöpfung aus mir. Was ist mit mir los, fragte ich mich. Ich empfand vorhin während der Beraubung nicht einmal Zorn noch den Willen zur Verteidigung. Was geschieht mit mir, ich besitze mittlerweile eine Trägheit, die jede Handlung zum Erlöschen bringt und das, bevor sie sich zu formen beginnt. Ich saß da ratlos, während die Gedanken in mir sich gegenseitig begrüßten und verabschiedeten. Es hat vor einem Jahr begonnen, kam ich zu dem Schluss. Unmerklich und kaum für meine Sinne erfassbar, legte sich ein dünner Schleier über meinen Motor der Absichten. Und wie ein feiner Stoff, welcher die Konturen der Körper gut abbildet, so legte sich dieser an meine Gefühle, Motivationen und meinen inneren Antrieb an. Mit der Zeit erkannte ich die immer stärker werdende Trägheit und deutete sie jedes Mal anders.

Ich atmete wieder durch und spürte langsam, dass die Kraft in mir zurückkehrte. Leichter Wind ging durch den Park und die Bäume raschelten eine sanfte, feine Musik der Frische. Immer wieder blickte ich rüber zu dieser jungen Frau, die noch immer auf meiner Lieblingsbank saß. Mein Gott, wie lange will die dort herumsitzen? Hat sie keinen Job, muss sie nichts Wichtiges in der Stadt erledigen oder kann sie sich nicht einfach nur »schleichen«, wie man das hier bei uns in Wien sagt? Jetzt erst bemerkte ich, wie ich mich geistig auf diese Parkbank eingestellt hatte, und die Erinnerungen an erfahrene Erholung beflügelten meine Schritte.

Ich kam näher und erkannte eine wunderhübsche Frau im mittleren Alter, welche, vertieft in ihrem Buch, alles um sich herum vergaß. Ihre langen, schwarzen Haare hingen ihr auf einer Seite runter und bedeckten dabei ihre linke Schulter, während sie, im Buch versunken, diese mit einer Hand ständig glättete. Erst als ich vor ihr stand und mein Körper den Schatten bildete, welcher ihr die Sonne nahm, blickte sie zu mir auf und winkte mich verärgert zur Seite. Ich ging widerwillig zur Seite, da mir der Kopf von der letzten Begegnung brummte.

Dabei fragte ich, was sie da so gebannt lese, und sie antwortete mit knappen Worten, dass mich das nichts angehe. »Aber wenn Sie es unbedingt wissen wollen – ›Also sprach Zarathustra‹ von Friedrich Nietzsche.« »Aha«, sagte ich. »Und um was geht es da?« Sie sah wieder hoch zu mir, sah mir in die Augen und sagte fast wehmütig: »Um Freiheit, um Souveränität und Selbstbestimmung sowie um alte und junge Weiblein.« »Ich verstehe nicht ganz«, erwiderte ich. »Das können Sie auch nicht«, sagte sie darauf schnippisch. »Was können Männer schon mit den Begriffen Genügsamkeit, Folgsamkeit, Anpassungsvermögen und Leidensfähigkeit einer Frau anfangen? Gar nichts.«

Ich blickte reflexartig auf meine Armbanduhr und bemerkte dabei freudig, dass mir diese nicht von den Verbrechern entwendet wurde. Mein Gesicht schrieb Bände, als ich hilflos versuchte, auf ihre Frage zu antworten, und gleichzeitig ein gelangweiltes Gesicht aufsetzte, so, als wäre die Frage absolut klar, aber ich leider keine Zeit mehr hätte diese zu beantworten. Sie sah mich von unten an und ihr schwarzes Haar befreite die verdeckte Seite ihres Gesichtes.

Ihr Blick war nicht nur keck, sondern war begleitet von der unbeantworteten Neugier ihrer Frage, die wie ein Inselberg aus dem Meer aller Fragen ragte und unweigerlich drohte, mich unter seiner Schwere zu begraben. Ich schnappte versteckt nach Luft und dachte, mich dabei selbst beruhigend, dass sie meine Aufregung nicht erkennen könne. Doch sie durchbrach mit ihrem Lächeln meine letzte versteckte Barriere der Zurückhaltung und signalisierte mir damit, dass sie sehr wohl wüsste, dass ich keinen blassen Schimmer davon hätte, wovon sie sprach.

Und so war es, ich hatte keine Ahnung von den Dingen, die eine Frau in ihrem Streben nach Gleichberechtigung und Selbstverwirklichung bewegte. Wie sollte ich auch, da ich selbst für mich nicht einmal in der Lage war, dem Weg meiner Selbstverwirklichung zu folgen. Ich wusste von mir selbst so wenig und von den Kräften, die ich auf Galoosan erlangt hatte und die, so schockartig es für mich war, heute Morgen bei dem Vorfall gefehlt hatten. Meine Unwissenheit über meine Gefühle war so groß, dass sie mich jeden Morgen wie ein wildes Raubtier ansprangen, und bei jedem Versuch, sie zu besänftigen, rissen sie mir schmerzhaft große Stücke aus meinem Körper. Dabei hinterließen sie dunkle Wunden der Unkenntnis, die wie ein undurchsichtiger Schleier mein Gemüt verfinsterte, und nur ihr schmerzliches Brennen in meiner Brust zeugte von ihrer unermüdlichen Existenz.

Ich kannte nicht einmal mich selbst. Das, was mich an manchen Tagen bewegte, war mir genauso fremd wie alles andere um mich herum. Mir wurde augenblicklich bewusst, dass neben Wissen eine große Wunde der Unwissenheit in mir klaffte. Mich jeden Morgen mit Schweißperlen auf der Stirn erwachen ließ und mir dabei klar vor Augen führte, dass die Dunkelheit der Erkenntnis nicht außerhalb von mir den Raum verfinsterte, sondern vielmehr in mir zu finden war.

Wie konnte ich eine vernünftige und sinnvolle Aussage ihr gegenüber machen, wenn mein Reifeprozess selbst wie ein Feind, der mir den Tod wünscht, auf mich einschlug und neben den Wunden der Erkenntnis nur mein Verstummen förderte. Wie kann ich etwas über Nietzsche sagen, ohne mein irregeleitetes Verständnis aus der Schulzeit hervorzukramen und ihn wie so oft irrtümlich nur mit den Nationalisten des Dritten Reiches in Verbindung zu bringen. Was weiß ich schon von Nietzsche, wenn die Frage zu mir selbst in den endlos leeren Raum verhallt, so, als hätte ich sie nie gestellt. Und zu Selbstbestimmung der Frau, also bitte; was soll ich da sagen, wenn mein eigener Prozess der Selbstbestimmung noch immer seiner Vollendung entgegenstrebt und dabei nicht einmal die erste Hürde überwunden hat – mich.

Ich blickte runter zu ihr und nahm wahr, dass sie eine Sitzposition einnahm, die am besten dazu geeignet wäre, gut zuzuhören und dem Beginn einer Theatervorstellung beizuwohnen, in der die Musik bereits begonnen hatte, während sie schon wüsste, was nach dieser folgen würde. Klar, sie kannte das Theaterstück, welches wir Männer zur endlosen Form perfektioniert haben. Sie wusste, was gleich der Theaterdirektor würde ankündigen »können«, und nur der Überraschungseffekt in der Kombination seiner Worte hätte ihr Schmunzeln überbieten können.

Ich suchte innerlich nach Worten. Wollte mich nicht vor dieser hübschen Frau blamieren. Wollte etwas von mir zeigen, was ihr bestätigen würde, dass ich doch kein Vollidiot sei. Doch kurz bevor ich die endlos erscheinenden Gedanken der Rechtfertigung und sinnloser Erklärungen über Frauen und Nietzsche aus meiner Gedankenwelt in ihre Richtung lenken wollte, durchbrach eine Kältewelle meinen Körper und ließ mich für einen Augenblick erstarren. Anstatt etwas zu sagen, so, wie ich es vorhatte, verstummte ich in meiner Stille aufs Neue. Es war die Kälte aus Galoosan, die da über mich hereinbrach. Aus der Ferne, während ich in die Augen der jungen Frau sah, vernahm ich ein leises Flüstern, welches mir unbeirrt ankündigte, dass es jetzt an der Zeit sei, wieder loszulassen. Und ich ließ los, worauf ich dann zu ihr sagte: »Sie haben recht, ich kann dazu nichts Intelligentes sagen, und wenn Ihnen möglicherweise meine Ausdrucksart etwas grob erscheint, so glauben Sie mir, ist mir das auch so ziemlich egal«, und fügte hinzu: »Mir ist Nietzsche egal und auch die Selbstbestimmung der Frau im einundzwanzigsten Jahrhundert ist mir völlig schnuppe, da beide Themen bereits zur Geschichte gehören und in meiner Wirklichkeit derzeit ein anderer Kampf tobt, welchen weder Nietzsche noch die Frauen dieser Welt glätten können.«

Sie veränderte ruckartig ihre selbstsichere Position und für einen Augenblick nahm ich ein leichtes Wanken in ihr wahr. Viel zu kurz dauerte diese Schwäche an. Ihre Augen schnitten wie Schwerter meine Gegenwart in Scheiben. Und nur ihr Gesicht schrieb erkennbare Bände, welche die Seiten wechselten zwischen Erstaunen, Widerwillen und endloser Enttäuschung. Doch Erstaunen löst im Gegenüber die gleiche Regung aus wie das Gähnen, es ist ansteckend. Und so geschah es in mir, dass mein Erstaunen über diese Transformation der jungen Frau keine Grenzen kannte und mich wie trunken nur murmeln ließ: »Na, vorher waren Sie echt hübscher, und wissen Sie was«, fügte ich mit klarer Stimme hinzu: »Das wollte ich Ihnen gleich zu Beginn unserer spärlichen Unterhaltung sagen – Sie sitzen auf meiner Lieblingsbank und alleine das macht Sie vollkommen unsympathisch!«

Ohne ihre Worte abzuwarten, die bereits ihre Backen runder und röter erscheinen ließen und eine Welle der Entrüstung ankündigten, die nicht nur zum Himmel geschrien würde, sondern auch die Hölle zum Einstürzen gebracht hätte; - wendete ich mit einer kurzen Bewegung auf den Fersen und ging langsam durch den Park in Richtung des gegenüberliegenden Ausganges. Es reicht, dachte ich, der Tag war für die Sau, was soll noch kommen? Verdroschen, ausgeraubt und jetzt bis auf die Knochen blamiert. Dieser Tag fährt nicht Straßenbahn, dieser Tag ist auf gut Wienerisch nur orsch.

Nach wenigen Metern brach hinter mir die Hölle los und ihre Schreie überfluteten den morgendlichen Park und überschritten mit Leichtigkeit die Tonleiter zum hohen C. Sie brüllte fast hysterisch in meine Richtung, sodass ich nicht genau wusste, ob es der Wind war, welcher meine Haare von hinten zerzauste, oder ihr gewaltiges Sprachorgan, welches jetzt voll aufgedreht nicht mehr zur Ruhe kommen konnte. Zu meinem Erstaunen wurde ihr Schreien immer lauter, obwohl ich mich von ihr wegbewegt hatte. Ich verstand kein klares Wort mehr, da ihre hohe Stimme nur ein schmerzliches Schrillen mit Wortfetzen verband, welche sogar weinerlich durch diese wunderbare Stille des Parks kreischten.

Ich schritt lächelnd, unbeirrt von ihren bestialischen Schreien und sah, wie mich die Passanten entsetzt am Wegesrand anblickten. In ihren Augen las ich die Fassungslosigkeit, da sie der Meinung waren, dass diese Schreie, oder das, was man von dieser Steigerungsform von Lauten halbwegs als Sprache bezeichnen konnte, mir galten. Sie sahen voller Entsetzen und gleichsam mit einer Schuldzuweisung, da es ihnen unwahrscheinlich erschien, dass so viel Leid in diesem Schrei von der Kleinen selbst verursacht wurde. Somit war klar, dass ich ihr etwas angetan habe, weshalb ihnen der sonst so ruhige Morgen im Park versaut wurde.

Aber das war mir so egal. Ich wusste, dass ich der Kleinen und ihrer sich selbst überschätzenden Vorstellung von mir und der Männerwelt nicht entsprach, und das dürfte ordentlich wehgetan haben. Und doch war ich ihr dankbar, sie brachte mich auf einen Punkt der Erkenntnis, welchen ich so nie betrachtet habe. Ich hatte endlich verstanden, was die Zerrissenheit in mir von mir forderte – den Frauen nicht gefallen zu müssen.

Als ich die gegenüberliegende Seite des Stadtparks erreicht hatte, hörte ich noch ein leises Wimmern aus der Ferne, welches mir ankündigte, dass Nietzsche weiterhin aus seinem Buche herausschrie. Dieser Morgen endete mit dem Erreichen des Randsteins und ein wunderschöner Tag brach an.

Als ich diesen mit meinem linken Fuß berührte, spürte ich die Sonne in meinem Rücken, welche gerade den Park mit den Bäumen überwunden hatte und mit ihren Strahlen nur für mich aufging. Ja, ich war wieder voller positiver Gedanken und das alleine brachte so viel Energie in mir zum Schwingen, dass ich wieder voller Zuversicht in den Tag ging.

Ich blickte nach vorne auf die gegenüberliegende Straßenseite, beobachtete die Menschen, wie sie sich auf dem Gehsteig bewegten. Wie eine Mutter versuchte, mit dem Kinderwagen die sichere Straßenseite zu erreichen, und zwei Männer, die ihr dabei halfen, den Kinderwagen auf den Gehsteig zu heben. Mir blieb der Atem stehen, als ich erkannte, dass es die beiden waren, die mich heute Morgen zusammengeschlagen und ausgeraubt hatten. Panik und Angst tauchten wieder in mir auf und ich suchte Schutz hinter einem Kastenwagen, welcher links vor mir am Straßenrad parkte. Ich sah, wie sie bei dieser Mutter gleich zu betteln begannen, und diese, dankbar für ihre Hilfe, holte ihre Geldbörse aus der Tasche. Blitzschnell griff der Blonde danach und riss ihr die Börse aus der Hand. Der andere stieß mit dem Fuß den Kinderwagen auf die Fahrbahn.

Die junge Mutter schrie auf und lief sofort dem Kinderwagen nach, aber da waren die beiden hinter der nächsten Straßenecke verschwunden. Sie holte den Kinderwagen im letzten Moment ein, bevor dieser mit einem Lkw zusammenstieß.

Weinend zerrte sie den Kinderwagen an den Straßenrand und schrie aus vollem Hals um Hilfe, welche, gleich, wie lauter sie geschrien hätte, keinen der beiden mehr einholen konnte. Während ich die Straßenecke musterte, wo sie verschwunden waren, wusste ich, dass es eine Straße war, die sich die nächsten 500 Meter mit keiner anderen kreuzen würde. Fünfhundert Meter, niemand kann so schnell laufen. Ich fasste den Entschluss, ihnen nachzulaufen. Ich lief zwischen den fahrenden und zum Teil hupenden Autos hindurch und erreichte die Straßenecke in wenigen Sekunden. Danach trat ich in den Schatten der linken Hauswand ein und versuchte in dessen Schutz, die beiden, wo ich sie vermutete, zu erspähen. Doch da waren sie nicht. Nichts deutete mehr in dieser Straße auf sie hin. Fahrzeuge und Passanten belebten die Straße, doch ihre Konturen blieben mir verborgen. Wo waren sie, dachte ich, so schnell rannten sie nicht, dass sie diesen halben Kilometer in der kurzen Zeit hätten überwinden können.

Langsam schritt ich die Straße hinunter und versuchte, dabei abwechselnd auf beide Straßenseiten zu sehen. Als ich in eine Hauseinfahrt blickte, wo ich sie vermutet hatte, vernahm ich einen Hilferuf aus der Umgebung. Eine männliche Stimme schrie um Hilfe und verstummte darauf sogleich. Das können nur die beiden sein, schoss es mir in den Sinn. Die haben ein weiteres Opfer gefunden. Der Schrei drang von den unteren Häuserblocks zu mir rauf und so lief ich sofort die Straße hinunter.

Mein Herz raste wie verrückt. Meine Angst mit erlebten Bildern tauchte wieder in mir auf, als ich an einer kleinen Zufahrt vorbeirannte. Ich sah es nur in den Augenwinkeln. Es war nur eine sanfte Bewegung, im Schatten dieser Einfahrt verborgen, und doch war da mehr, als mir das Auge näherbringen konnte. Ich bremste mich langsam ein, drehte um und ging vorsichtig die paar Meter zu dieser Ecke zurück. Knapp davor hörte ich ein Röcheln von einer Person. Vorsichtig sah ich von der Hauskante in die Einfahrt hinein, sie war schattig belegt, doch langsam erkannte ich Konturen, die sich darin befanden.

Es waren die beiden, die mich überfallen hatten, nur diesmal hielten sie einem alten Mann den Mund mit der Hand zu, welcher mit aller Kraft versuchte, sich von ihren Fängen zu befreien. Die röchelnden Geräusche mit den gedämpften Schreien ließen mich das Schlimmste befürchten. Hatten sie den alten Mann abgestochen oder taten sie es in diesem Moment? Die Einfahrt war gut 20 Meter lang und sie standen weit hinten bei der Wand. Als der alte Mann nochmals grässlich röchelte, hielt mich kein Gedanken mehr zurück, ich lief hinein.

Beim Durchschreiten der Schattenseite wurde mein Blick wieder hell und ich konnte alles klar in dieser Einfahrt erkennen. Beide Gestalten hielten den Alten, so wie mich heute Morgen, von beiden Seiten fest. Der dünne Schmächtige von hinten mit der Pistole am Hals und der Blonde von vorne. Er hielt dem Mann, welcher mir den Eindruck machte, dass er gerade kollabiere, den Mund zu, während er ihm mit der anderen Hand sein Messer in den Bauch rammte. Ich sah, wie der Alte sich aufbäumte und mit letzter Kraft seine Faust auf das Kinn des

Blonden schlug. Dieser wankte benommen zurück und stürzte sich gleich wieder wutentbrannt auf den Alten und rammte ihm das Messer nochmals in den Bauch.

Mein Erscheinen in der Einfahrt verdunkelte den Hintergrund, wo sie standen, und die beiden Schurken wurden auf mich aufmerksam, bevor ich sie erreichen konnte. Da ich mich von der Sonnenseite in ihre Richtung bewegte, erkannten sie mich nicht, sondern nahmen nur meine bewegende Kontur wahr. Ich wusste in dem Augenblick, dass das meine einzige Waffe gegen sie war. Es musste ein Schock in ihnen entstehen, wenn eine schreiende Gestalt, die sie nicht erkennen konnten, mit aller Gewalt und Schnelligkeit auf sie zu rannte.

Ich schrie mit aller Kraft, während ich auf sie zulief. Sie ließen von dem Alten ab, welcher auf dem Boden in sich zusammensackte, und nahmen eine abwehrende Haltung zu mir ein. Ich kam zu spät, schoss es mir in den Kopf, sie hatten ihn getötet, diese Mörder, nur wegen dem blöden Geld. Es waren nur circa drei Meter, die ich zu überwinden hatte, genug Zeit für sie, mich dort abzufangen, genug Entfernung, meinen Schwachpunkt zu erkennen, und genug Zeit, mich wie einen tollwütigen Hund abzuknallen. Wenn sie Krieger oder Kämpfer wären, dann bin ich bereits tot, nur wusste ich es nicht. Es gab kein Zurück mehr für mich, weder aus meiner Angriffshandlung heraus noch vom Gefühl geleitet, diesen beiden eine ordentliche Lektion zu erteilen.

Ich griff sie frontal, waffenlos und nur mit meiner unbändigen Absicht, sie auszuschalten, an. In meiner Bewegung sah ich, wie orientierungslos sie dabei wurden. Ich sah die Panik in ihren

Gesichtern und die ungeschickte Haltung, die sie einnahmen. Und in diesem Moment wusste ich, das waren keine Krieger, das waren keine Kämpfer, sondern nur feige, beschissene Mörder. Ich kam näher und erhöhte sogar mein Tempo, während ich lauter schrie. Und wieder sah ich, wie der Schmächtige auf meinen Schrei hin zusammenzuckte. Seine Hand begann zu zittern, während ich meine Bewegungen in seine Richtung lenkte. Obwohl ich lauthals schrie, hörte ich eine vertraute Stimme in mir sagen: »Jetzt.« Im selben Augenblick, wie innerlich bewegt, ging ich im vollen Lauf in die Knie und spürte den beißenden Lufthauch mit Schwarzpulver vermischt an meiner Stirn vorbeiziehen, welchen der Schuss verursacht hatte.

Aber da war ich schon, auf den Knien rutschend, bei ihm angelangt und rammte ihm mit voller Wucht meine rechte Faust in seine Hoden. Er fiel, ohne einen Laut abzugeben, nach Luft schnappend, über mich nach vorne, und während er fiel, griff ich nach seiner Waffe, die ihm fast von selbst aus der Hand gefallen war. Ja genau, sie waren keine Krieger, dachte ich. Der Blonde überlegte zu lange, was er machen solle. Ein Krieger handelt und entscheidet in der Bewegung, die er vollführt, bevor sich der Gegner auf seine Bewegungen einstellen kann. Er wartet nicht so lange wie der Blonde, außer nur auf seinen Tod.

Ich wälzte den Schmächtigen von meiner Schulter und ergriff den Revolver. Als ich sah, dass der Blonde sich endlich entschieden hatte und sich mit seinem Messer auf mich warf, drückte ich ab und schoss ihm in die Brust. Gleich darauf begrub er mich mit seinem Körper. Ich wälzte mich panikartig unter ihm weg, da ich nicht wusste, ob ich ihn in diesem kurzen Moment überhaupt getroffen hatte und er mit seinem Messer bereits ausholte. Ich sprang auf und ging vorsichtig ein paar Schritte zurück. Die Waffe auf sie gerichtet, doch sie bewegten sich nicht mehr. Erst jetzt spürte ich die Schmerzen auf meinen Knien, die der Asphalt mit dem Kiesel verursacht hatte und ich hörte wieder meine Gedanken, die ihren Platz in meinem Kopf suchten.

In zwei Schritten war ich bei dem alten Mann und suchte seinen Bauch nach Wunden ab. Ich zerriss sein Hemd und zwei Stichwunden im Unterbauch kamen zum Vorschein. Kaum Blut floss aus ihnen und ich befürchtete, dass er innerlich verbluten würde. Während ich seine Wunde untersuchte, öffnete er seine Augen und ich sah seinen Schock, welcher am liebsten die Flucht ergriffen hätte, doch an seinen Augenlidern nicht vorbeikam.

Ich beruhigte ihn, sagte ihm, dass alles wieder in Ordnung komme, dass die Verbrecher ausgeschaltet seien und zeigte auf diese mit meiner Schulter, ohne dabei hinzusehen.

Der Alte blickte geistesabwesend in diese Richtung und ich sah, wie er nochmals die Augen aufriss. Ich drehte mich durch diesen Blick gewarnt um und sah, dass sich beide langsam erhoben hatten und in meine Richtung mit ihren Messern kamen. Zorn stieg in mir auf, und als ich die Waffe wieder in meine Hand nahm, blickte ich den alten Mann kurz an und erkannte dabei, dass er im selben Moment verstarb. Verlust und Versagen zerrissen meine Brust. Bilder von meinem Schneeleoparden, durchfluteten meinen Geist und richteten meine Absicht aufs Töten aus. Ich stand langsam auf, die Kälte aus Galoosan flutete meinen Körper. Löschte dabei das letzte

Feuer des Zornes, welches mich sonst zu verbrennen drohte und mir dabei die Unschuld in den Handlungen nahm. Ich sah sie an und erkannte ihre Tötungsabsichten. Ich erkannte das Leid in ihren Handlungen, welche sie so oft an andere Menschen verteilten, und ich sah den stummen Schrei ihrer Seelen nach Erlösung und wusste in diesem Moment, dass nur ihr Tod weiteres Menschenleid verhindern könne.

Sie kamen näher, ihre Messer blitzten noch einmal auf und spiegelten den Ausgang dieser dunklen Einfahrt hinter ihnen, so, als würde das Schicksal es noch einmal gut mit ihnen meinen und sie sanft hinausgeleiten wollen aus diesem für sie endenden Augenblick. Doch Blindheit sieht nichts und Taubheit hört nichts, wenn sie geblendet werden von der Gier nach Geld und Gewalt, und so verstummte auch der letzte Hinweis unbemerkt in ihren Händen, welcher sie noch in die Gesellschaft hätte leiten können. Ich dagegen ließ vollkommen los und zögerte keinen Augenblick mehr. Meine Hand zitterte nicht, ich hob die Waffe auf und erschoss beide ohne jegliches Gefühl von Schuld und Reue.

Bevor ihre Körper den Boden berührten, war ich wieder beim alten Mann und hielt seine Hand fest. Ich erzählte ihm von Galoosan und dem ewigen Kampf des Mannes, welchen er in dieser Welt zu bestehen hat. Ich sagte ihm, dass sein Tod den Kreis mit den anderen beiden vollzogen habe und der Ausgleich der Kräfte nur mich suchte. Ich erzählte ihm, dass es Orte und andere Wirklichkeiten gebe, die fern dieser Welt auf jene Krieger warteten, die sich, so wie er, im Kampf bewährt hatten und sein

Herz eines Kriegers als Einlass forderten. Ich sicherte ihm zu, dass er sich keine Sorgen machen müsse, denn so ein Herz ruhe in seiner Brust.

Ich blickte mich um und war erstaunt festzustellen, dass niemand in diese Einfahrt kam. Es waren nur Garagen auf dieser Seite, die die Einfahrt säumten, und keine Fenster an den Hauswänden. Alle Türen und Fenster gingen auf die Hauptstraße. Ich überlegte kurz; hatte der Straßenlärm alles überdeckt und Einsicht konnte keiner haben, da wir uns im hintersten Bereich im Schatten der Häuser befanden. Ich entschied mich, nicht mehr länger zu warten. Schnelles Handeln war angesagt. Ich reinigte den Revolver mit meinem Taschentuch und legte die Waffe in die rechte Hand des alten Mannes. »Jetzt bist du der offizielle Held«, sagte ich zu ihm lächelnd. Ich fand ich meine Brieftasche beim Blonden in der Seitentasche seiner Jeans, prüfte nach, ob alles drinnen war, und verließ mit langsamen Schritten diese dunkle Einfahrt in Richtung des Stadtparks. Als ich die Straße überquerte, die den Stadtpark von meinem Firmengebäude trennte, gingen mir alle möglichen Gedanken durch den Kopf. Was war das für ein Tag heute und ich stellte mir die entscheidende Frage. Es war jene Frage, die das Flüstern aus Galoosan in mir einläutete, und es war auch die Frage nach mir selbst, welche mir meine Zukunft zu beantworten suchte ... wer ich bin.

Erlangen der Kraft

An einem Sommerabend so gegen acht, bevor der erste Abendfilm über den Fernseher lief und als sich der Rest meiner Familie freudig eingefunden hatte, wollte ich mir schnell die Beine vertreten und legte mein Buch »Also sprach Zarathustra« von Friedrich Nietzsche weg. Wie verrückt die Zeit doch ist, dachte ich. Nietzsche, ich kann es nicht glauben, ich lese Nietzsche. Aber nachdem die junge Frau im Park so laut geschrien hatte, musste ich unweigerlich auf ihn neugierig werden und für mich klären, ob es etwas gab, das dieses Schreien mit Nietzsche verband.

Nur, das, was ich in diesem Buch las, glich mir eher einer innerlichen Auseinandersetzung mit dem Glauben. Es gab zwar manchmal zitierte Passagen, in denen man den Philosophen und Freigeist Zarathustra spüren konnte, doch der Großteil des Buches sprach mich nicht an. Mit jeder gelesenen Seite verstand ich, falls es Nietzsche mit der Absicht geschrieben hatte, dass es jemand las, dann war es mit Sicherheit nicht so, dass er dieses Buch für mich geschrieben hatte. So, wie sein Protagonist Zarathustra es trefflich formulierte: »Dieser Mund ist nicht für ihr Ohr bestimmt«, so waren diese Zeilen, die ich las, nicht für meinen Geist bestimmt. Was er immer mit diesem Werk sagen wollte, so sprach er damit dem alten Zarathustra die Fähigkeit zu, als erster Mensch Gut und Böse unterschieden zu haben, doch die Einsicht zum Rest des Buches blieb mir verschlossen. Was mich unweigerlich zum Rückschluss führte, dass die grässlichen Schreie der jungen Frau im Park doch nur mir alleine galten. Zu dumm, ich habe sie schreien lassen und nicht nachgefragt.

Ein Ziehen in der Magengegend verstimmte leicht mein Gemüt, welches mir ankündigte, dass etwas passieren würde. Ich hatte mittlerweile gelernt, auf meinen Körper zu hören, und das, was momentan aus der Magengegend zu mir drang, war nicht der Hunger, sondern eine bevorstehende Veränderung.

Ich stand vom Lesesofa auf, streckte meinen Körper angenehm durch, sodass gleich ein paar alte Knochen in mir knacksten, und ging auf die Terrasse unseres Hauses. Helga sah mir nach und deutete mit dem Finger auf den Fernseher, um den bevorstehenden Film in Erinnerung zu rufen. »Ach ja, der Film«, sagte ich, der Titel fiel mir nicht mehr ein, aber es ging um jenen Schauspieler, den Helga vergötterte und welcher einen Kampf gegen das organisierte Verbrechen bestreiten musste. Tja, der Name des Filmhelden fiel mir nicht mehr ein, warum sollte er, da ich nie verstanden hatte, was Helga an ihm so mochte. Letztendlich ging es eh ständig um dasselbe Thema wie Liebe, Herz, Schmerz und Heldentum, nur immer wieder endlos neu verpackt.

Grundsätzlich waren mir Filme im Fernsehen egal, ein Buch am Abend in meinem Lesesofa genoss ich mehr. Doch was sollte man machen, an manchen Abenden war es schön, mit der Familie zusammenzukommen, auch wenn es bedeutete, sich einen völlig kaputten Helden im Fernsehen anzusehen, welchen die Mafia lustvoll mit ihren Knarren durchlöcherte.

Ich nickte zurück, dass ich verstanden hätte und deutete an, dass ich nach außen in den Garten ginge, um kurz Luft zu schnappen. Sie spitzte den Mund und blickte mich mit gespielter Verärgerung an, da sie genau wusste, was ich von ihrem Fernsehhelden hielt. Ihr war schon längst bekannt, dass es mir große Freude bereiten würde, wenn er uns alle mit seiner letzten Heldentat endlich aus diesem Martyrium befreien würde.

Ich grinste schelmisch zurück, öffnete die Terrassentüre, gleichzeitig kam mir die kühle Luft entgegen und diese löste unmittelbar Wohlgefallen in mir aus. Jetzt erst merkte ich, wie die Wohnzimmerluft verbraucht war, und die Frische hier draußen meinen Kopf langsam frei machte. Ich lehnte mich an das Geländer, atmete tief durch und blickte runter in den Garten. Die Sonne lag knapp über dem Horizont und ich freute mich über dieses Naturschauspiel, welches sie von sich gab.

Ich erinnerte mich daran, als wir vor zwei Jahren dieses Grundstück erworben hatten. Wir alle verliebten uns gleich in diese Weide und den Schwimmteich, welche den südlichen Teil des Gartens bildeten. Es war eine alte, große Weide, ihre Äste hingen wie silbernes, langes Haar bis zum Boden, und wenn der Wind durch sie fuhr, so erzeugten ihre Blätter ein sanftes akustisches Rieseln, welches sofort ein Frischegefühl in mir erzeugte. Und der Teich mit seinen dreizehn Metern Durchmesser war eine Oase der sommerlichen Frische, die wir genossen. Das Haus war etwas älter und renovierungsbedürftig, doch das störte uns nicht. Nach einem Jahr hatten wir alles so umgestaltet, wie wir es uns gewünscht hatten.

Mein Blick wanderte von der Weide zum Teich und ich sah, wie sich der Himmel darin spiegelte. Das Bild des Teiches löste ein Gefühl der Dankbarkeit in mir aus und der Gedanke, der mein Bewusstsein als Erstes erreichte, war jener, der mich wissen ließ, dass uns zwei Himmel hier geschenkt wurden. Ja, der Teich hatte schon etwas Besonderes für uns, vom Badevergnügen im Sommer oder vom Eislaufen im Winter erst gar nicht zu reden.

Mein Magen rührte sich wieder, so, als hätte er soeben, als ich den Teich beobachtete, etwas dazu zu sagen gehabt. Ich sah runter zu diesem und außer zwei Stockenten, die vom Ufer wegflogen, war da nichts. Ich blickte in den Garten. Suchte nach Besonderheiten, dass da draußen etwas sei, was mein vorahnendes Gefühl erklären könne. Doch da war nichts Auffälliges zu erkennen. Der Teich ruhte in sich und der Garten … war so wie immer. Von Osten kam heftiger Wind auf und ein Sommergewitter kündigte sich aus dieser Richtung an. Nicht lange und wir bekommen Regen, dachte ich.

Ich blickte nochmals zurück ins Haus und sah durch die Glasfront, dass Helga und die Kinder gebannt auf dem Sofa vor dem Fernseher lagen und dabei freudig kuschelten. Auf ihren Gesichtern las ich, dass der Held verbissen an seinem mickrigen Leben hing und der Augenblick unserer Befreiung von der Fernsehmarter in weiter Ferne lag. Der Wind wurde stärker und ich spürte die Kälte, die er mit sich trug. Es war Sommer und doch war seine Luft für diese Jahreszeit ungewöhnlich kühl. Erst jetzt erkannte ich, dass das Partyzelt von gestern, in dem wir meinen Geburtstag gefeiert hatten, dort stand. Blöd, dachte ich, das haben wir völlig vergessen und bei diesem anfänglichen Gewitter wird es nicht lange dort stehen bleiben.

Ich lief hastig runter, dem Wind trotzend, und versuchte in Eile, das Zelt abzubauen. Während ich die letzten Alustangen vom Zelt absteckte und in einen Jutesack verstaute, wanderte mein Blick links rüber zu unserer Weide, die, durch den Wind bewegt, wie eine mystische Form über dem Erdboden schwebte. Sie glich einem riesigen Kopf mit langem, silbernem Haar, welcher im Rhythmus des Windes tanzte. Panik schoss in mir hoch, als ich neben ihr und der anliegenden Holzbank vier dunkle Gestalten in der Abenddämmerung erkannte. Sie standen nah am Teich und ich bemerkte ihre hektischen Bewegungen, als ich zu Boden ging, um mich ihren Blicken zu entziehen. Wer waren die und was machten sie hier auf unserem Grundstück, rasselten die Gedanken wie wild in meinem Kopf, begleitet von fast unbändiger Aufregung. Wir haben überall eine hohe Umzäunung, da kann niemand so reinspazieren, wie er möchte, ohne erheblichen Kraftaufwand zu betreiben. Dass sie hier sind, bedeutet, dass sie sich hier etwas erwarten, etwas, was diesen Aufwand wert wäre. Ich lag mit dem Bauch ausgestreckt auf dem Rasen und versuchte, mich wieder zu sammeln, da ich merkte, dass ich nicht in der Lage war, mir nur eine einzige Frage zu beantworten.

Meine Blicke wanderten über den Rasen und ich suchte nervös nach möglichen Gegenständen, die ich als Waffe verwenden könnte. Ich blickte zu den Alustangen vom Zelt, doch diese waren zu filigran und zu dünn, um sie als Waffe einzusetzen, da würden ja meine Knochen langsamer brechen. Das darf jetzt nicht wahr sein, dachte ich; außer ein paar Pappbechern und Papptellern lag hier nichts herum, das ich als Waffe verwenden könnte. Was soll ich tun - sie mit diesen blöden Pappbechern angreifen?

Trotz der angespannten Lage konnte ich mir das Grinsen nicht verkneifen, als ich mir vorstellte, wie ich die vier Gestalten mit zwei Pappbechern angriff und dabei mit letzter Kraft diese auf ihrer Stirn zusammendrückte. Was würden sie machen? Sich totlachen, was im Angesicht dieser misslichen Lage als Erfolg für mich zu werten wäre. Oder würden die Pappbecher das Letzte sein, was ich beim Verlassen dieser Welt verfluchen würde? Mein Blick fiel hilfesuchend auf die Rechengabel, die, ein paar Meter von mir entfernt, in der Wiese lag. Das war es, schrie ich innerlich auf, das war zumindest etwas hilfreicher und versetzte mich in den Zustand, wenigstens »halb tot« mit dieser Situation fertig zu werden.

Ich könnte um Hilfe schreien, dachte ich. Und dann wurde mir bewusst, dass ich auf keinen Fall schreien durfte, da sie dadurch schneller zu uns ins Haus kommen würden, in dem Helga und die Kinder waren. Wenn mich hier überhaupt jemand hätte schreien hören können, dann war es Helga, und wenn sie zu mir rausliefe, dann wäre es schlimmer, da sie denen direkt in die Hände laufen würde. Unsere Nachbarn würden uns nicht hören, weder in diesem Sturm noch bei der Entfernung, da ihr Haus zu weit von unserer Grundstücksgrenze lag. Dieser Umstand der angenehmen Distanz zu den Nachbarn, welcher uns so freute, war jetzt in Zeiten der Gefahr eine unüberwindbare Fläche, die nie zur rechtzeitigen Hilfeleistung dienen konnte.

Nein, ich konnte weder um Hilfe schreien, noch konnte ich zulassen, dass sie zu uns ins Haus raufgingen. Ich musste sie hier aufhalten und stoppen, bevor es zu spät war. Meine Blicke wanderten nochmals umher, ich prüfte nach, ob ich nicht doch etwas als Waffe übersehen hätte; Gartenschere oder die Holzaxt, doch nur die Bitterkeit der Einsicht blieb, das der Rechen mein einziger Begleiter war, um diese bevorstehende Schlacht zu schlagen. Kurz darauf spürte ich die Kälte in mir hochsteigen, jene Kälte, die ich auf Galoosan erfahren hatte. Und als sie meinen Kopf erreichte und dabei die letzte Angst in mir erfror, stand alles fest.

Ich akzeptierte den Rechen als Waffe, den Beginn meines Anpirschens, den Moment des Angriffes als jenen Zeitpunkt ihrer Überraschung sowie den sicheren Tod, welcher aus ihrer Richtung zu mir winkte. Durch die beginnende Dämmerung geschützt, pirschte ich mich zu den Zwergsträuchern, die den Teich und die Weide vom Rest des Gartens trennten. Die Sträucher waren zehn Meter vom Wasser entfernt, sie bildeten eine Sichtschutzgrenze für mich. Durch diese geschützt, konnte ich unbemerkt nah an sie herankommen. Ich hörte ihre Stimmen und wie sie miteinander sprachen, doch der einsetzende Sturm verzerrte ihre Worte und verteilte diese in den Garten.

Langsam hob ich den Kopf bis zu jener Grenze des Strauches, an der ich ihre Gestalten besser erkennen konnte, und merkte erst jetzt, wie der südliche Teil unseres Grundstückes in einer Senke lag, welche die Dämmerung mittlerweile mit Dunkelheit flutete. Zu dumm, ich sah niemanden mehr, nur ihr Stimmengewirr drang zu meinen Ohren. Doch das, was ich zwischen dem Pfeifen des Windes und dem Stimmengewirr hörte, löste wieder Panik in mir aus. Es waren nur ein Paar Wortfetzen, die ich verstand, und doch läuteten diese Worte alle Alarmglocken in mir ein.

»Wir brauchen …Blut …«, sagte, meiner Vermutung nach, der Linksstehende und seine Stimme verlor sich wieder im Wind. Meine Nackenmuskeln spannten sich und ich verstand jetzt, dass diese Forderung nach Blut nur eines bedeuten konnte. Es musste Blut fließen und das konnte nur an zwei Orten geschehen, hier bei mir und im Haus oben bei meiner Familie. Doch mein Entschluss war schon längst gefasst; wenn Blut fließen sollte, dann nur hier an diesem Platz. Um jeden Preis musste ich meine Familie schützen und diese Gestalten so angreifen, dass sie entweder ihr Vorhaben auf Blut verwarfen oder wir hier alle sterben.

Langsam wanderten die dunklen Wolken vom Wind bewegt über den Himmel und öffneten für einen kurzen Augenblick den Himmel, welcher in orangener Farbe erstrahlte. Endlich, ich sah wieder die Gestalten vor unserem Teich stehen und konnte ihren Abstand zu mir bestimmen. Zorn gepaart mit Verzweiflung stieg in mir hoch, als ich erkannte, dass sie um einige Köpfe größer waren als ich. Szenen liefen wieder in meinen Kopf ab, so, als hätte da oben ein Dammbruch stattgefunden, welcher mich geistig zu ertränken suchte. Die Angst kam über die Augen, das hatte ich erkannt, und sie entfachte ein Vakuum, welches mir nicht nur den Atem raubte, sondern all jene Kraft, die siegessicher in mir schlummerte. Diese Gestalten, schrie meine Angst zu mir, waren nicht nur größer, sondern um einiges stärker als ich. Angst, nein, pure Panik überflutete meinen Brustkorb und schnürte meinen Atem ein. Das schaffe ich nie, japste ich in mir, weder den Abstand unerkannt zu ihnen zu überwinden, noch gegen alle vier mit einem Rechen anzutreten.

Kurz bevor mein Bewusstsein das Versagen gänzlich umarmte, hörte ich ein leises Flüstern in mir. Es war die Stimme meines inneren Meisters, welcher zu mir sprach, und aufgrund der aufgetürmten Angst, die sich wie eine unüberwindbare Mauer aufschichtete, drang sie nur spärlich, so wie ein sanftes Flüstern, zu mir durch. Ich kämpfte gegen diese Mauer der Angst an und gleichzeitig versuchte ich, dieses Flüstern zu verstehen, da ich genau wusste, dass die Botschaft für mich lebenswichtig war. Und plötzlich hörte ich sie wieder, klar und deutlich, so, als würde mein eigener Gedanke mit mir reden: »Sag Krieger und folge der Bewegung in dir. Sag Krieger und verändere die Richtung deiner Bewegung, bevor sie sich auf dich einstellen können. Sag Krieger und greif sie an!«

Ich sagte: »Krieger«, und langsam festigte sich mein Griff um die Rechengabel, während sich meine Bauchmuskeln anspannten. Ich sagte: »Krieger«, und wie eine Sprungfeder, die entfesselt wurde, stürmte ich los, den Rechen nach vorne haltend wie einen Speer, um damit jeden von ihnen aufzuspießen. Mit einem Satz überwand ich die Sträucher, und als ich auf der Wiese mein Tempo erhöhte, erkannte ich gänzlich, dass ihre Körper dunkel und unerkennbar blieben. Ich sah nur ihre Konturen, wie sie in einer Gruppe standen, während ich sie, ohne einen Laut abzugeben, angriff.

Ich überwand die Hälfte des Abstandes zu ihnen und nur der Sturm war in meiner Bewegung zu hören. Ich spürte den Sturm um mich und ich spürte den Sturm in mir, welcher den Ausgang in meinen Handlungen suchte. Sie blickten zu mir rüber und ich erkannte ihr Staunen, welches sich in ihren ruckartigen Bewegungen äußerte. Daraufhin veränderte ich meine Richtung und die verbleibenden paar Meter kam ich ihnen aus der östlichen Richtung, entgegen. Kein Laut kam über meine Lippen, als ich sie fast erreicht hatte, da die innere Stimme in mir forderte, stumm wie der Tod zu sein. Ich kam wie ein Sturm über sie, welcher, durch meine Leidenschaft entfesselt, meinem Körper den notwendigen Halt gab. In der Bewegung spürte ich wieder die Kraft in mir hochsteigen, die das Loslassen bewirkte, und wie sich mein innerer Krieger, auf einer Welle des Stroms, seinen Weg in die Außenwelt bahnte. Der Sturm, den ich nutzte, versetzte mich in die Lage, vor dem Ziel mein Tempo zu erhöhen und zum Sprung anzusetzen. Der inneren Stimme folgend wendete ich den Rechen quer zu ihnen, so wie eine Turnstange, von welcher ich mich wegstoßen wollte.

Ich sah, wie sie auseinanderrennen wollten, da keiner von ihnen, ganz gleich, wie kraftvoll sie waren, sicheren Mutes sagen konnte, dass das, was ihnen da aus dem Sturm, schweigend und mit hohem Tempo, entgegenraste, wohlgesonnen sei. Aber da war ich bereits zu nah an ihnen und der Schwung meines Körpers drückte sie zurück. Sie standen zu nah am Ufer und es genügte wenig an Druck, um sie ins Wasser zu stoßen. Sie fielen alle rücklings ins Wasser und ich folgte ihnen auf dem Weg dorthin. Nässe schockte meinen Körper, als das Wasser die letzten Stellen an mir erreichte. Ich rang nach Luft und musste schnell wieder zurück zum Teichrand, die rettende Wiese erreichen.

Ich wusste, dass der Teich in seiner Mitte so an die drei Meter tief war. Ich sah, wo sie hineinfielen, und wusste, dass sie durch meinen Schwung die tiefste Stelle erreicht hatten. Schnell schwamm ich zum Rand zurück und kletterte auf die Wiese, da ich von dort aus auf sie warten wollte, um sie mit dem Rechen wieder zurück ins Wasser zu tauchen.

Mit großer Erregung und letzter Kraft, da mich das Schwimmen mit Gewand und Sandalen doch einiges an Kraft gekostet hatte, ergriff ich den Rechen, welcher am Rand des Teiches schwamm. Blitzschnell richtete ich ihn wieder aufs Wasser, um die Gestalten vor dem Erreichen des Ufers zu empfangen. Ich stockte in der Bewegung, als ich sah, dass sich niemand im Wasser befand. Ich blickte mich schnell um, waren sie doch schneller als ich aus dem Wasser gekommen? Ich bekam wieder Panik, da ich sie nicht mehr erkennen konnte und sie womöglich auf mich lauerten. Sie waren größer und stärker, vielleicht waren sie tatsächlich schneller aus dem Wasser draußen gewesen. Doch nichts rührte sich um mich herum, der Platz war leer und auf dem Wasser bewegten sich nur die aufgewühlten Wellen.

Ich ging vorsichtig den Teich ab und stocherte immer wieder mit dem Rechenstiel hinein. Waren sie alle Nichtschwimmer und ertranken, während ich mich zum Ufer rettete? Ich hörte keine Hilfeschreie von ihnen. Sie waren verschwunden, wie vom Wasser verschluckt. Mein Rechen ging ständig ins Leere, keine Körper, die da unter Wasser waren. Meine Gedanken rasten wie wild und Zweifel an meinem Verstand kam langsam auf. Hatte mich dieser betrogen, war das nur die Wirkung des Sturms und der Wolken, welcher Laute und Schatten in unseren Garten zauberte? Und was für Stimmen hörte ich da, hatte ich mir das alles nur eingebildet oder war es das Pfeifen des Windes in der Weide? Kritisch musterte ich den Teich und die Gegend bis zur Umzäunung und musste mir eingestehen, dass ich mich doch geirrt hatte. Jetzt erst spürte ich die Kälte, die das Wasser an meinem Körper hinterließ. Ich begann zu zittern, da meine Wärme, sich mit dem Wasser verflüchtigte. Der Wind pfiff seine Melodie durch die Weide und selbst dieser nahm keine Notiz von mir. »Keiner da«, sagte ich laut, so, als wolle ich meine letzten Zweifel meines Verstandes mit der Umgebung teilen.

Ich sah, wie Wolken und Schatten die Landschaft veränderten und ein schauriges Spiel der Natur darboten, welche, durch meine Angst motiviert, Monster und dunkle Gestalten aus allen Richtungen erwachen ließen. Dabei den Eindruck in mir erweckten, dass sie nach mir griffen. Als die Wolken den Himmel wieder freigaben und dieser die Landschaft in blutorangene Farbe tauchte, suchte ich sicherheitshalber nochmals die Gegend nach den Gestalten ab. Es ließ mir keine Ruhe, ich traute mich nicht ins Haus zurück, zu lebendig hatte ich sie wahrgenommen. Ich spürte sogar den Widerstand, als ich sie ins Wasser gedrückt hatte. Ich wollte nicht riskieren, sie dadurch ins Haus zu leiten. Die müssen im Teich sein oder hier versteckt. In welche Richtung ich auch sah, ich spürte ihre Anwesenheit. Oder bildete ich mir das jetzt wieder ein?

Geistig müde und zermürbt setzte ich mich auf die Holzbank und versuchte, wieder klaren Verstandes zu werden. Und nur die Weide, die Holzbank, die Zwergsträucher, der stille Teich und ich bildeten den Inhalt des südlichen Teils unseres Gartens. Und dann sah ich es, es ragte ein wenig aus dem Wasser. Knapp am Wiesenrand, fast zu übersehen in dieser Dämmerung, und doch bildete es eine kleine Kuppel, die schimmernd aus dem Wasser ragte.

Zunächst dachte ich, dass es einer der Köpfe der Gestalten wäre, die doch langsam wieder auftauchten. Ich sprang hastig zum Teich und beugte mich runter, um es aus der Nähe zu betrachten. Jetzt erkannte ich erst diese Wölbung als Stein, welcher hier im seichten Wasser lag. Vorsichtig griff ich ins Wasser und erfühlte seine Oberfläche, die mir mit jeder längeren Berührung vertrauter erschien. Ich hob den Stein auf und hielt ihn in den restlich verbleibenden Sonnenstrahlen hoch, um ihn genauer zu betrachten. »Das Horn der Welt«, kam es mir über die Lippen. »Mein Gott, das ist doch der Stein, welchen ich auf Galoosan in dieser Höhle gefunden habe. Jener magische Stein, welcher die eigenartigste Musik ausströmte, die ich je gehört hatte. Was macht dieser hier, träume ich vielleicht, habe ich schon längst die Grenzen der Wirklichkeit durchritten, das kann nicht sein. Dieses Artefakt gehört doch jener Welt an, die auf Galoosan zu finden ist.« Jetzt verstand ich erst recht nichts mehr. Überlagern oder berühren sich da völlig unterschiedliche Welten in mir und vermischen dabei jede Form der Realität, die ich in beiden erlebt habe? Wie kann es sein, dass dieses Horn der Welt in meinem Garten und in meinem Teich liegt? Oder bin ich bereits tot, da ich den Angriff auf die Gestalten in Wirklichkeit nicht überlebt habe? Sie zogen sie mich sicherlich unter Wasser und ertränkten mich in meinem Teich. Wie kann es sein, dass dieses Artefakt aus Galoosan hier erscheint?

Was ging hier vor, und wieder schoss Panik durch meinen Körper, während ich versuchte, der aufsteigenden Übelkeit aus meinem Magen Herr zu werden, die mit aller Macht, wie ein Vulkan in mir, den Ausgang suchte. Völlig aufgelöst durch die Ereignisse, nahm ich den Stein und setzte mich auf die Holzbank. Ich hielt ihn mit beiden Händen in meinem Schoß und blickte in den Himmel, welcher sich von den letzten Sonnenstrahlen verabschiedete und die Landschaft stellenweise ins dunkelste Schwarz verwandelte. Ich lehnte mich zurück und im selben Augenblick, als ich das tat, vernahm ich ein leises Flüstern. Mir war klar, dass das frühabendliche Ziehen im Magen ein Zeichen für eine gravierende Veränderung war, aber das, was soeben geschah, überstieg meine Vorahnung bei Weitem. Dieses Flüstern kam eindeutig von außen und es kam näher. Es entstand nicht so wie immer in meinem Kopf, diesmal spürte ich eine Präsenz, die unmittelbar vom Flüstern ausging und sich mir näherte, während ich versuchte, die angehende Finsternis mit meinen Augen zu durchbrechen.

Das Rascheln des Windes in unserer Weide veränderte sich. Aus der Vielfalt ihrer Geräusche durch den Wind gab es einen Bruch im Rhythmus. Ich nahm ihn wahr. Es war so wie eine sanfte Musik, die plötzlich ein oder zwei Aussetzer hatte, kaum zu hören für das ungeübte Ohr. Etwas störte diesen Klang und den Rhythmus des Windes, etwas war da, was nicht hineinpasste. Es war der Rhythmuswechsel der Blätter, welcher sich veränderte und mir etwas ankündigte, was präsent war, was ich nicht sah.

Ich wendete meinen Blick zur Weide und sah, wie sich ihre Äste in wunderbarer Wellenform hin und her bewegten. Und auf einmal tauchte in der Mitte der Weide in drei Metern Höhe ein Gesicht aus den Blättern auf. Schock breitete sich explosionsartig in meinem Körper aus und alles in mir verstummte augenblicklich. Mit aufgerissenen Augen starrte ich das Gesicht im Baum an und glaubte, wieder einer Sinnestäuschung durch Wind und Schatten erlegen zu sein. Und doch traute ich mich nicht, aufzustehen oder wegzusehen. Irgendetwas schrie in mir grässlich auf, als es den Blick in meine Richtung wendete. Mein Bauch verkrampfte sich und ich saß da auf dieser Bank, unfähig jeglicher Bewegung.

Während die Konturen des Gesichts zwischen den langen Blättern langsam verschwanden, begannen seine Augen zu leuchten und ein smaragdgrünes Licht strömte aus diesen heraus.

Der Atem blieb mir weg, als ich sah, wie ein Wesen von der Größe zweier Männer aus den Ästen hervortrat. Es hatte die Gestalt einer schlanken, elastischen Mischung aus Mensch und Katze und bewegte sich mit einer Schnelligkeit, die mir trotz des Tempos ruckartig erschien. Je mehr ich meinen Blick auf sie richtete, umso verschwommener waren ihre Konturen. Obwohl ich sie wahrnahm, entzog sie sich ständig meiner klaren Betrachtung.

Irgendwann erkannte ich, dass ihre Bewegungen dermaßen schnell waren und ich das Wesen immer nur dann wahrnahm, wenn es seine Bewegungen änderte oder diese stoppte. Das anfängliche Flüstern erinnerte mich an die Ankündigungen meiner inneren Meister und doch war seine Stimme anders, es war wie ein Zischen, vermischt mit menschlicher Stimme. »Was willst du von mir?«, fragte ich und merkte dabei, wie die Angst meine Kehle zuschnürte und meinen Worten die Ausdruckskraft raubte. Es sprang mit einem Satz hinter die Bank, auf der ich saß, und beugte sich zu mir runter. Die Bank knirschte zum Zerbersten, als seine Hand auf der Rückenlehne zu liegen kam. Seine Konturen verschwammen und nur seine Katzenaugen glühten ein grünes Feuer. Ich schrie auf, da ich spürte, wie sich seine Hand oder Klaue bei der Berührung in meine rechte Schulter bohrte. Seine Berührung löste schockartige Erinnerungsfetzen in mir aus und so wie ein Film im Fernsehen liefen bei mir die Erinnerungssequenzen aus Galoosan ab.

»Sag Krieger«, hörte ich seine Stimme sagen. »Sag Krieger und folge dem Pfad deiner Kraft«, wiederholte es. Ich blickte zum Himmel, welcher sich in der Schwärze von der Landschaft nicht mehr unterschied, und umarmte die Dunkelheit, die begonnen hatte, mich sanft zu umschmeicheln. Ich sagte: »Krieger«, und im gleichen Moment explodierte der Himmel in Millionen von Farben und Lichtern.

Und während ich fast atemlos dieser Transformation beiwohnte, legte es die andere Pranke auf meine linke Schulter und ich spürte, wie mich ihr Gewicht runter drückte und die ganze Bank wieder zu knirschen begann.

»Du hast deine Reise nicht beendet«, sagte das Wesen. »Welche Reise?«, schrie ich, mich dabei vor Schmerzen krümmend. »Jene bei dem Felsen«, donnerte es in mich hinein. »Aber ich war ja da«, erwiderte ich. »Nicht ganz, du hast damals versagt, da du nicht alles Wissen empfangen hast.« »Aber ich war bis zum Schluss dort am Felsen, was habe ich verpasst?« »Erinnere dich«, und mit einem Ruck streckte es seine Klauen tiefer in mein Fleisch. Ich bäumte mich auf vor Schmerzen und im selben Moment tauchten die Erinnerungen wieder auf.

Während die Bilder der Erinnerung durch mich schossen, sprach das Wesen zu mir, so, als würde es die entstehenden Bilder in mir sehen und dokumentieren. »Du hast den Ruf des Kriegers nicht ganz vernommen«, sagte das Wesen. »Jenes Wissen, welches den Abschluss und gleichzeitig den Beginn deiner Reife als Krieger ausmacht. Galoosan befähigt mich, die Grenzen zu überschreiten und dir hierher zu folgen, da Gefahr besteht, dass du dich trotz errungener Kraft weiter verlierst. Du vernahmst nicht den letzten Hinweis auf jenem Felsen auf Galoosan, der dich hätte vollkommen erwachen lassen sollen. Du hast nicht die volle Kraft erlangt. Du wurdest bewusstlos und die Botschaft verblasste bereits, als du die Augen wieder aufschlugst, sodass die restliche Kraft und ihre Wirkung nicht ganz auf dich übergingen.«

Ich sah, wie das Wesen die Hand vor mir hob und in einer einzigen Handbewegung mit seinen scharfen Krallen, die wie kleine Sterne funkelten, den Himmel in zwei Teile zerschnitt. Wie ein seidenes Tuch, welches man vertikal in zwei Hälften trennte, so fiel der Himmel sanft auf beiden Seiten vor mir zusammen und öffnete einen unendlichen Raum, welcher in seiner Ausdehnung meine Nähe suchte. »Sieh genau hin und höre die letzten Worte deiner Welt, denn danach wird sie nie wieder dieselbe sein.« Gebannt sah ich in den Raum vor mir und jedes seiner Worte verwandelte diesen in Farben, Formen und Ereignisse, die wiederum spielerisch seinen Worten folgten.

»Wir leben in einer Welt, die voll von sanftem Wirken ist«, sagte das Wesen. »Ganz gleich, ob es sich dabei um männliche oder weibliche Geschöpfe handelt, die Männer werden immer stärker in das weibliche Prinzip gezogen und können dieser einwirkenden Kraft kaum noch Einhalt gebieten. Sie werden schwächer, ihre Zahl auf diesem Planeten verringert sich ständig und bei anhaltendem Einfluss sind ihre Tage hier gezählt. Es ist letztendlich ein weiblicher Planet und die Bezeichnung ›Mutter Erde‹ ist nur ein freundlich klingender Abklatsch einer Tatsache, die noch nicht in vielen Köpfen der Männer angekommen ist.«

Ich versuchte, meinen Blick auf die rechte Seite zu wenden, um dieses Wesen direkt anzusehen, doch seine Hand ließ meinen ganzen Körper wie elektrisiert erstarren, sodass ich nur unbeweglich seiner Stimme folgen konnte. »Die Zeit des Mannes hat sich gewandelt und die innere Zerrissenheit, die damit einhergeht, verflüchtigt seine letzten Kraftreserven und formt ihn langsam zu einem Wesen, welches dem Weiblichen sehr nahekommt. Schon längt ist der Kampf um die letzten männlichen Stehplätze entfacht und ein Krieg, welcher bereits seit Jahrtausenden andauert und sich mittlerweile in Form von Neofeminismus, Gleichberechtigung und Quotengleichheit für Frauen in endlose Diskussionen ergießt, hat seinen Höhepunkt bei Weitem noch nicht erreicht. Es ist ein Kampf der Geschlechter und nicht mehr jener der Nationen, der beim Obsiegen des anderen noch immer Frieden und Versöhnung finden kann, sondern jener, welcher, ganz gleich, wer dabei gewinnt, nur noch die Auslöschung der Spezies zur Folge hat. Es ist das Sterben der einen menschlichen Linie, die ihre Kraft nach außen richtet. Das Sterben kommt auf sanften Pfoten und in einer Veränderung, die von sehr wenigen Menschen bemerkt wird. Sie trägt zwar die Wandlung in sich und drückt sich gesellschaftlich in endlosen Streitgesprächen und der Beanspruchung der weiblichen Positionen aus, doch sie ist eine unaufhaltsame Wandlung der männlichen Kraft. In dieser kaum wahrnehmbaren Wandlung zum geschlechtslosen Gleichlauf der Menschen verliert der Mann seine urtümliche Kraft und vollzieht unter falsch vorgesetztem Gerechtigkeitsanspruch diese Metamorphose zum Weiblichen.«

Und wieder durchfluteten Bilder den Raum, in dem ich saß, von den Worten, die es sprach. »Hör zu, denn das, was ich sage, hat Bedeutung für alle Wesen dieser Welt. Es hat grundlegende Bedeutung für uns alle, die da sind. Das, was du auf Galoosan verpasst hast, hörst du jetzt nur ein einziges Mal, danach liegt es an dir, ob du deine Kraft ergreifst und den Wandel der Zeit bewirkst oder nicht.« »Den Wandel der Zeit«, wiederholte ich erstaunt seine Worte. »Ja, der Wandel bewirkt nicht nur die Stärkung der einen weiblichen Kraft, sondern beim Erreichen des vollkommenen Ungleichgewichts auch die Auslöschung beider Kräfte.«

Ich schnappte nach Luft, zu groß war der Druck, welches es mit seinem Körper auf mich ausübte. Es folgte eine unendlich große Fülle an Bildern von Geschehnissen und es sprach: »In einem Moment der leidenschaftlichen Erfüllung begegneten sich zwei Kräfte, die unterschiedlicher nicht sein konnten. Er in seiner impulsiven und unbändigen Kraft, die nach außen gerichtet war und dort alles mit seiner Begeisterung entflammen ließ. Und sie, in ihrer fließenden und nach innen gerichteten Kraft, welche wohlbehütet alles in sich aufnahm und den dabei entstehenden Raum mit Sanftheit formte. In ihrer Umarmung erweckten sie alles um sich zum Leben. Er war schon immer ihrer Kraft zugetan, jener Sanftheit und femininen Seite, die ihn immer zu verstehen drohte, als er sich in der Ewigkeit verlor.

Es war auch diejenige Seite, die seine Gefühle wie eine Landkarte eines Ortes, in der sie bereits seit Ewigkeiten lebte, mit Leichtigkeit las. Es war ihre Zartheit und die Verletzlichkeit sowie ihre anmutsvollen Bewegungen, die seine Sinne verwirrten und ihm, manchmal mit ihrem Temperament gepaart, mit Liebreiz den Atem raubte. Es war jene Seite, die ihm bis zu seinem Tod noch immer fremd blieb, obwohl er fast sein ganzes Leben lang neben ihr die Morgenröte begrüßte. Es war auch jene Seite, die ihn manchmal in den Wahnsinn trieb, und gleichzeitig auch jene, die mit ihrem verletzten Zurückweichen eine Grenze überschritt, in der ihr nur noch seine Gefühle folgen konnten, und dabei ein Schlachtfeld der Leere zurückließ, in dem seine Seele erfror.«

Ich war stumm der Worte, die da mittlerweile von allen Seiten auf mich eindrangen, mein Geist war leer und offen und ich hörte den Ausführungen des Wesens zu und merkte, wie es meinen Raum, wie einen Krug, füllte.

»Und sie, sie war schon immer seiner Seite zugewandt. Ihr innerer Fokus galt jener männlichen unbändigen Kraft, die sie mit ihrer Sehnsucht und Leidenschaft berührte und welche sie immer dann suchte, wenn sie den Boden unter ihren Füßen verlor. Es war auch diejenige Seite, die sie aus ihrer Melancholie riss und ihr gewinnendes Lächeln ins Gesicht zauberte, welches jene Sonne in ihrem Inneren preisgab, die ihre Bekümmertheit verborgen hielt. Er blieb auch für sie eine undurchschaubare Seite, welche sie trotz ihres stillen Wissens nie wirklich und ganz ergründen konnte. Es war die eine Seite, die ihren Intellekt immer wieder forderte und sie doch manchmal erstaunt feststellen ließ, dass auch er die Fähigkeit zu einem Trottel hatte.

Obwohl beide so viele Male in ihrer Leidenschaft miteinander verbrannten und wieder geboren wurden, hinterließ sein impulsives Verlassen einen schockartigen Zustand in ihr. Ein Schmerz, der sonst in seiner Intensität zum Himmel geschrien hätte, verstummte in ihr, während es ihr dabei die Seele zerriss. Weder der eine noch der andere war wirklich frei, da die Gegensätze in ihnen den anderen suchten, den anderen brauchten, um sich selbst im Raum zu definieren und auszudrücken. Dort, wo unbändige Kraft einwirkt, schwingt Sanftheit mit selber Stärke zurück. Die Sanftheit ist die kaum wahrnehmbare Urgewalt, die sich zwar unseren Blicken entzieht, an diesen vorbeigleitet, so wie das sanfte Wasser am harten Stein, und doch das Wirken in sich birgt, diesen stetig zu formen. Und als sich diese beiden Kräfte, die urweibliche und die urmännliche, vereinten, entstand aus dieser innigen Vermählung schlicht und einfach all das, was ihr heute als Gesamtheit Welt nennt.«

Ich war vollkommen erstarrt von dem, was sich mir darbot. Die Ereignisse durch dieses Wesen strömten auf mich ein und nur das Flüstern meines Meisters in mir hielt mich vom Wahnsinn ab. Mit großer Anstrengung versuchte ich, etwas zu sagen, ich hatte Fragen und konnte kaum sprechen. Langsam formten sich meine Lippen und zaghaft kamen Worte aus mir heraus. »Ich habe vorhin mehrere Gestalten gesehen«, und bevor ich weitersprach, unterbrach mich das Wesen: »Es waren Reisende aus Galoosan.« »Reisende, was für Reisende?«, fragte ich.

»Dein Teich wird von einer kleinen unteririschen Quelle gespeist und diese bildet die von den wenig Verbliebenen und vom Menschen unberührten Grenzen zu Galoosan.« »War es Zufall, dass ich sie gesehen habe? Da ich in den letzten beiden Jahren nie jemanden, welchen du Reisender nennst, hier gesehen habe.« »Nein«, sagte das Wesen. »Zufall ist nur der treue Gefährte jener Menschen, die ihn mit ihrer Unwissenheit füttern. Alles unterliegt einer Bewegung und Strömung, diese jedoch zu erkennen, liegt nicht im Zufall, sondern in der inneren Bereitschaft verborgen. Dass du die Reisenden überhaupt gesehen hast, beruht auf deiner Schwingung, die du aus Galoosan erworben hast.« »Ich dachte immer, dass Galoosan nur ein geistiger Ort sei, welchen ich in meinem Komazustand durchwanderte«, sagte ich. »Nicht nur, es gibt unterschiedliche Zugänge nach Galoosan«, sagte das Wesen. »Es existieren geistige Zugänge, wenn sich die Schwingungsebene des

Menschen verändert, aber auch Energiebarrieren, wie diese hier an der Quelle im Teich, die das Tor zur Galoosan öffnen können.«

»Was ist Galoosan wirklich?«, fragte ich. »Galoosan ist das letzte Rückzugsgebiet der menschlichen Kraft. Auf Galoosan lodert nur jene Kraft des Menschen, welche von den Ankömmlingen, wie du bereits selbst erfahren hast, alles abverlangt und sie dabei an jene Grenzen bringt, wo sie ihrer Kraft wieder begegnen.«

»Ist dort ständig die Kälte und Eis vorherschend?«, fragte ich.

»Nein, was die Ankömmlinge dort zur Prüfung erwartet, bestimmt der Kristall der Aufnahme.«

»Ist es ein Ort, wo wir unsere Kraft gelangen?«

»Nein, es ist auch jener Ort, welcher dir beim Versagen nie wieder den Weg in deine Wirklichkeit zeigt.«

»Du sagtest, dass ich doch versagt habe, wie konnte ich wieder zurückkehren?«, fragte ich.

»Bist du das wirklich? Erinnere dich, wie oft spürtest du die Kälte aus Galoosan, wie oft hattest du ein Gefühl, dass es dich dorthin noch immer zieht? Wer sagt, dass du wirklich zurückgekehrt bist in deine Welt? Du hast Galoosan nie verlassen«, dröhnte seine Stimme in mir. »Durch den jungen Krieger, welchen du mit deiner Geschichte erweckt hast, erlangtest du nur die Kraft, diesen Ort mit deinem zweiten Bewusstsein verlassen zu können. Nur ein Teil von dir kehrte zurück und bildete diese Parallelwelt mit Galoosan. Heute Nacht endet für dich eine dieser Welten. Heute Nacht wirst du in einer davon erwachen. Aber bevor dies geschieht, sieh hin.«

Seine rechte Hand zeichnete einen Bogen am Himmel, in dem verschiedenste Szenen unter diesem auftauchten. Es waren teilweise bekannte Szenen, die ich als Teilstücke meiner Erinnerung an der Stelle beim Felsen auf Galoosan wiedererkannte, und doch war die Flut der Informationen wie ein Dammbruch, der über mich kam. Ich schloss zeitweise die Augen, um den Schmerz der Informationen aus ihnen zu nehmen.

Als ich wieder die Augen öffnete, waren sie voller Tränen und trugen die eingesammelten Schmerzen der letzten Bewegungen in mir. Ich hörte das Wesen sagen: »Diesem urmännlichen und urweiblichen Prinzip geistig trotzend, behaupten noch immer manche eurer Köpfe, dass die Entstehung der Welt nur die Wirkung der urmännlichen Kraft sei. Dem Irrtum blind unterlegen und dabei nicht berücksichtigend, dass nur beide Kräfte während der Zeugung und der Geburt der Welt anwesend sein konnten, beabsichtigten sie, die eine Kraft zu dominieren. Doch mit der Ausdehnung des Universums, sofern Ausdehnung auch tatsächlich in dieser Form so, wie ihr es zu erkennen glaubt, stattfindet, zeigt dieser Schöpfungsprozess auf eine weitere Kraft hin, die genauso zum Zeitpunkt der Entstehung vorhanden war. Es war letztendlich die sanfte Kraft des Raumes, welche diesem entscheidenden Moment den Augenblick gab. Mit der weiteren Ausdehnung des Raumes wirkte diese sanfte Kraft immer stärker auf alles, was sich in diesem befand, sodass sich langsam mit unabwendbarem Tempo alles Mänschliche darin ebenfalls zu wandeln begann.

Die Einflussnahme der sanften Energie hat schon längst jene Grenze überschritten, welche den Ausgleich der beiden Kräfte mit Leichtigkeit aufrecht erhalten konnte, und schwingt mittlerweile, trotz größter innerlicher Konflikte der letzten männlichen Wesen, unaufhaltsam weiter. Schon längst ist die männliche Kraft ins Hintertreffen geraten, indem sie nur noch Hausmeisteraufgaben erfüllt und die Befriedigung darin sucht, dass auch dies zu etwas nutze sei. Im Verlust der eigenen Kraft suchen immer mehr Menschen Erklärungen, die ihnen keine wirklichen Erkenntnisse eröffnen, sondern vielmehr in der Rechtfertigung des Versagens enden.

Durch die Ausdehnung des Raumes verstärkt sich der Einfluss der sanften Kraft und die Tage der Menschen sind bereits gezählt. Es bedarf wieder eines Ausgleichs dieser beiden Kräfte, damit das Gleichgewicht gewahrt werden kann und beide Kräfte nebeneinander bestehen können. Sollte eine Kraft überwiegen, wie es im Moment mit der weiblichen geschieht, so kommt es unweigerlich zur Auslöschung beider Kräfte. Gegensätze leben grundsätzlich voneinander und nur in der Ergänzung der anderen Kraft finden beide den Gleichklang und die Erfüllung.«

Mein Gefühl, welches auf seine Worte folgte, entfesselte eine Vorstellung in mir, so, als würden sich zwei Farben ineinander vermischen, und der Himmel über mir folgte dieser Bewegung. Dann sah ich, wie sich das Wesen zu meiner linken Seite bewegte, und bevor ich etwas sagen konnte, bohrte es blitzschnell seine Krallen in meine Brust.

Seine Hand oder Pranke, so genau konnte ich es nicht mehr erkennen, drang mit Leichtigkeit in mich hinein und nur seine Zischlaute begleiteten seine Bewegung. Es war diesmal kein Schmerz spürbar, so, als würde mein Körper keine Barriere für dieses Wesen darstellen. Ich schrie erst auf, als ich spürte, dass es nach meinem Herz fasste. Es nahm mein Herz in seine Pranke, und kaum hatte es dieses mit seinen Krallen umschlossen, sah ich, wie es Feuer fing und zu brennen begann. Das Feuer breitete sich rasend aus und erfasste im Nu meinen ganzen Körper. Wie Donnerschlag hörte ich seine Worte in mich eindringen: »Das ist deine Leidenschaft, die Leidenschaft des Mannes, welcher du warst und welcher du bist. Du musst dich entscheiden, was für eine Art von Mann du in Zukunft sein möchtest. Deine Wahl wird zu deiner neuen Wirklichkeit werden und der Augenblick, welcher dir noch für diese Entscheidung zur Verfügung steht, verliert sich bereits in der Unendlichkeit des Raumes. Entscheide dich jetzt, denn dieser Augenblick ist viel zu kostbar, um ihn an sinnlose Trägheit zu vergeuden. Triff eine Entscheidung und lebe deine männliche Kraft im Einklang mit der weiblichen, ohne sich in dieser zu verlieren.«

Im selben Moment spürte ich ein Gefühl in mir hochsteigen, welches begleitet war von einem einzigen Gedanken. Es war ein Gedanke, getragen von meiner Absicht, und es war ein Bild des Mannes, welches meine Leidenschaft umarmte, während sich beide unauslöschlich in mein Bewusstsein brannten. »Deine Wahl ist getroffen«, sagte das Wesen. Sanfte Schmerzen erfüllten meine Brust, als es seine Krallen wieder aus mir rauszog, so, als würde man kleine Dornen aus der Haut ziehen, die sich in diese gebohrt hatten.

»Und merke dir, lerne, auf deine innere Stimme zu hören«, flüsterte es in mein Ohr, so, als gäbe es ein großes Geheimnis preis. »Jener weisen Stimme, die schon immer zu dir sprach. Auf jenes sanfte Flüstern, welches an unserem Bewusstsein vorbeigleitet, und so wie all jene unbemerkten Botschaften die Fähigkeit in sich birgt, ständig auf uns einzuwirken. Du musst lernen, wieder auf diese Stimme zu hören, da sie mittlerweile durch den Kampf in deinem Inneren völlig unbrauchbare Botschaften sendet. Du musst sie wieder hören, denn nur im Verstehen dessen was sie sagt, hast du die Möglichkeit, einen Dialog mit ihr einzugehen. Es wird an der Zeit, dass ihr euch endlich einmal aussprecht. Denn so wie du muss auch dein Meister in dir lernen, was du wirklich möchtest. Zu viele unbeabsichtigte Richtungswechsel haben ihn aus dem Gleichgewicht gebracht und diese wiederum wirken mit gleicher Kraft in dir. Deine Absicht hat sich schon längst von deinem Willen losgelöst und irrt in dir umher, ohne brauchbare Muster zu hinterlassen. Erst in der Aussprache mit ihm entsteht eine Richtung und mit dieser der längst fällige Ausgleich der Kräfte in dir.

Du wurdest in dieser Welt frei von jedem Einfluss als Mensch geboren und deine männliche Kraft ist der Schlüssel zu Aufrechterhaltung dieser Freiheit. Sie ist der einzige erstrebenswerte Zustand des Mannes, da sie auch die Heilung in sich birgt, die du benötigst, um zu wachsen und zu reifen. Es ist die unterste Stufe deiner Kraft und gleichzeitig auch der kraftvolle Boden, auf welchem dein Leben aufbaut. Diese Basis stellt auch das Fenster deiner Betrachtungen für diese Welt dar, die dich verstehen und erkennen lässt, was ist und was sein wird. Das ist auch die Basis, von wo aus du ständig deine Kraft beziehst, ein unerschöpflicher Kraftstrom, welcher nicht versiegen kann, solange du deine Kraft frei lebst.

Erinnere dich an die Momente, in denen du ausgepowert warst, wo du nicht mehr weiterkonntest, noch weiterwusstest und als du eine Grenze überschrittest, wo es auf einmal geschah. Auf einmal hattest du wieder Kraft, Hoffnung, Zuversicht, Klarheit, Schnelligkeit und Mut, während alle um dich herum versagten. Es war jene Kraft in dir, die deine Hand vom Versagen wegbewegte und dich deinem Ziel näher brachte.

Du musst wieder lernen, wie du vom Universum gestrickt wurdest. Du musst anfangen, diesen Raum zu erkunden, welcher keinesfalls im Außen von dir liegt, sondern jene Welt darstellt, die in dir seit Generationen Krieg führt und ein Schlachtfeld hinterlässt, in welchem nur noch Orientierungslosigkeit und Angst vorherrschen.

Du musst diesen Krieg beenden, es ist deine Bestimmung, dein höheres Wesen in dir zu umarmen. Beende den Krieg und schließe Frieden mit dir. Das kann jedoch erst dann geschehen, wenn du deinen Krieger erwachen lässt und ihn auf deine innere Welt richtest, damit er in diesem Kampf, durch dich geleitet, einschreitet und ihn zu deinen Gunsten beendet. Denn sieh genau hin, das Leben, welches wir tagtäglich im Außen vorfinden, ist nur das Ergebnis dieses inneren Krieges, dieser

Niederlagen, dieser Siege oder nur die des Chaos, welches es hinterlässt. Die Orientierungslosigkeit endet mit dem Wiederfinden des Weges, also kehre zum Ursprung deiner Kraft zurück, um diesen zu finden.

Und was deine Angst angeht, so sei dir gewiss, dass wir Menschen für immer mit ihr verbunden sind. Stelle dich deiner Angst als Mann, denn sie birgt alles Leben in sich, das wichtig ist. Sie ist der heilende Einfluss auf alle Handlungen, auf alle Siege und alle Niederlagen. Und wenn du dich ihr stellst, so wirst du mit der Zeit erkennen, dass sie, so wie alles, auf das wir unsere Aufmerksamkeit richten, sich einer Wandlung unterzieht, und du wirst lernen, mit ihr auf ewig zu leben.

Deine Meisterschaft zum Manne findet auf zwei Ebenen statt. Die eine ist in deinem Inneren, aber um diese erreichen zu können, musst du sie im Außen suchen. Somit ist die zweite Ebene für den Mann im Außen etwas wichtiger, da sie den Zugang in dir öffnet. Das männliche Prinzip gewinnt seine Kraft und Erkenntnis nicht so wie das weibliche mit dem Nachinnen Gehen. Sondern seine erste Reaktion auf die Welt ist nach außen gerichtet und erst über diese kann er den Pfad nach innen finden. Das weibliche Prinzip reagiert auf die Reize der Welt immer im Innen und dort findet sie den Weg, im Außen zu wirken. In jener Welt, in welcher wir schon längst unsere Handlungsmuster hinterlassen haben.

Das musst du verstehen, das ist deine Kraft, die du wiederfinden musst. Sie wirkt in deinen Handlungen, die geleitet sind von deiner inneren Stimme, und über diese Handlungen findest du den Weg in dir. Das macht auch den

Hauptunterschied zum Weiblichen aus. Sie gleiten nach innen, während wir unser Inneres durchschreiten müssen. Sie sind dort bereits zu Hause und wir müssen diesen Raum erst bewohnbar machen. Du musst wieder lernen, in der Bewegung zu handeln und die Richtung deiner Handlungen immer wieder in dieser Bewegung neu auszurichten. In der Bewegung zu denken, dabei das Ziel nicht aus den Augen zu lassen, und im Kraftaufwand Lösungen zu finden, während alles auf dich einschlägt. Das ist die Kraft des Mannes, das ist die wahre Kraft des Kriegers, welcher auf der Chaoswelle reitet, ohne dabei seine Balance zu verlieren.«

Ich hörte, spürte und fühlte, was dieses Wesen zu mir sprach und meine Männlichkeit entfachte dabei die Leidenschaft in mir, die wie ein flammendes Inferno in alle Richtungen ausstrahlte. Ich brannte innen und ich brannte außen, alles war in Flammen und ergoss sich wieder in meiner Leidenschaft. Dann bewegte sich das Wesen blitzschnell auf die andere Seite der Bank und stand neben meiner Rechten, während es sagte:»Halte jetzt inne, schließe deine Augen und spüre ganz tief in dich hinein, während du folgendes Wort sagst ›Krieger‹. Nein, denke es nicht, sondern sag es, sag es laut. ›Krieger‹ und spür ganz tief in dich hinein. Schau genau hin, denn dieses Wort ist viel zu wach und viel zu laut für unser männliches Herz, welches bereits so lange schläft. Sag ›Krieger‹ und beobachte, was in dir passiert. Achte auf die Wellen in dir, die sich so verhalten, als hätte jemand einen Stein ins ruhende Wasser geworfen. Sag ›Krieger‹ und folge diesen Wellen in dir zu deinem tiefen Ozean, welcher alle Muster dieser Welt widerspiegelt.

Wenn du derjenige bist, von welchem die Schrift auf jenen Felsen auf Galoosan zeugt, dann wirst du Folgendes spüren und erkennen. Du wirst für einen ganz kurzen Augenblick eine Bewegung in dir wahrnehmen. Eine innere Regung, die von deiner Magengegend aufsteigt und durch deine Brust fährt. Dabei wird sich dein Körper angenehm anspannen, wie ein Bogen, welcher zwar gespannt, aber noch nicht aufs Ziel gerichtet ist. Kurz darauf folgt einen Augenblick lang ein prickelndes Empfinden, ausgelöst vom Anspannen deiner Kopfhaut, und ein sanfter Druck auf deinen Ohren lässt dein Gehör das Weite suchen.

Sag ›Krieger‹ und spüre dich. Wiederhole das Wort öfters und du wirst feststellen, dass du dabei jedes Mal wacher wirst. Kurz darauf werden sich deine Bauchmuskeln leicht anspannen und dein Kinn wird eine sonderbare, dem Gaumen entsprechende Position einnehmen. Deine Zunge wird sich von allein im Gaumen einbetten und eine angenehme Spannung erzeugen. Wenn das geschieht, dann sei dir gewiss, dass genau das der Moment ist, wo dein Herz, dein Herz eines Kriegers, zu erwachen beginnt. Und noch kaum wahrnehmbar pulsiert eine Kraft in dir, die dich über jedes Hindernis erhebt und dir unbeirrt Zeugnis davon ablegt, dass du derjenige bist, welcher das Gleichgewicht der Kräfte herbeiführen wird.

Die Mannhaftigkeit, die darauf folgt und deinen Körper wie ein Dammbruch flutet, läutet dein inneres Widerstehen ein und befreit das Loslassen, welches immer stärker in dir wird. Ein Loslassen, welches keine inneren Widerstände in dir mehr zulässt. Ein Loslassen, welches dich in jeder Handlung schneller macht. Ein Loslassen, welches dir den Schmerz der Zeit nimmt und dich wieder mit deiner eigenen Kraft verbindet. Das ist das Rätsel und gleichzeitig auch das Paradoxon des Mannes, welches es zu verstehen gilt. Ein Zustand, durch welchen er seine volle Energie wiedererlangt und dabei jene Kräfte außerhalb von ihm befreit, die schon immer ihm zugeneigt waren. Den eigenen Schwächen zu widerstehen und dennoch keine Widerstände in uns entstehen zu lassen, klingt zunächst widersprüchlich, aber unter genauer Betrachtung wirst du erkennen, dass genau diese beiden konträren Eigenschaften unsere Kriegerattribute bereits von Anbeginn der Zeit waren. Das Widerstehen und das Loslassen vereint in einem Körper, in einem Geist und in einer Kraft, welche, wenn sie nach außen gerichtet, die Balance und Heilung in diese Welt trägt.«

»Was fange ich mit dieser Kraft an? Ich habe bereits mein Leben in Ordnung gebracht?«, fragte ich und empfand augenblicklich in der Magengegend einen Druck.

»Heute ist die Erweckung der Kraft in dieser Welt. Du hast genau dreiunddreißig Tage Zeit dich zu entscheiden, welche Art von Mann Du sein willst.«

»Ich verstehe nicht...«

»Du musst eine Entscheidung treffen. Wenn ich wiederkomme, wirst du mir deine Entscheidung mitteilen. Die eine, ob du Verantwortung für diese Urkraft übernimmst und in dieser Welt den Ausgleich suchst. Ob du dieser Kraft würdig bist. Oder ob du sie zurückgibst.«

»Ich verstehe noch immer nicht. Was ist der Ausgleich, was muss ich tun?«

»Nehmen und geben. Du musst diesen Krieg beenden. Du wirst sehen was in den nächsten Tagen ab heute mit dir passiert. Danach musst Du dich entscheiden.«

»Warte, ich habe noch eine Frage.«

Das Wesen grinste, beugte sich nochmals knapp zu mir runter und sagte: »Hey du, welcher gerade schläft, ich rufe dich wach, jetzt und hier. Sag ›Krieger‹ und folge deinem inneren Pfad. Nimm dein Schicksal selbst in die Hand, lass es nicht durch andere bestimmen und lebe deinen Mann mit Lust und Begeisterung und berühre dabei alles mit deinem Feuer der Leidenschaft. Tue es jetzt und hier, denn du hast kein zweites Leben zur Auswahl, und vergeude nicht die Zeit mit endlosen Zweifeln. Sag ›Krieger‹ und werde dir dem Augenblicks bewusst, welcher sich mit diesem Wort für dich öffnet, denn es macht dir den Blick auf ein Wesen frei, welches du schon immer warst. Sag ›Krieger‹ und wach endlich auf, denn du hast viel zu lange geschlafen, es ist an der Zeit aufzuwachen und der Welt deine erlangten Gaben zur Verfügung zu stellen. Den Ausgleich der Kräfte herzustellen.

Die Welt hat sich gewandelt, vieles hat sich gewandelt und es ist an der Zeit, dass du deinen Platz in dieser Welt findest. Sag ›Krieger‹ und du wirst augenblicklich spüren, dass es dein Herz fordert. Die Welt verlangt nach dir und deinem Herzen, welches die Macht hat, alles in dir und außerhalb von dir zu verwandeln. Sag ›Krieger‹ und finde deine männliche Kraft, die dafür sorgen wird, dass auch dein Herz den Weg nach Hause findet. Werde dir dieser Würde bewusst, denn genau dort an dieser kaum wahrnehmbaren Grenze, zwischen unendlicher Angst und unendlichem Mut, wirst du jene innerliche Bewegung wiederfinden, die den Krieger in dir erwachen lässt. Der Kraftgewinn, welcher damit einhergeht, überschreitet eine kritische Grenze und verschiebt unmittelbar das Ungleichgewicht der Kräfte. Sag ›Krieger‹ … und wach endlich auf!«

Im selben Moment öffnete ich meine Augenlider und sah in die wunderbarsten Augen, die ich kannte. Es war Helga, die mich besorgt ansah und hilflos versuchte, mich aufzuwecken. Ich richtete mich langsam auf und erkannte, dass ich auf der Holzbank eingeschlafen war und nur geträumt hatte. »Was ist passiert?«, fragte ich sie leicht benommen und dabei den Stein suchend.

»Der Film ist aus, die Kinder sind schon längst im Bett und ich wollte nachsehen, wo du bleibst«, sagte sie bekümmert. »Als ich die letzte Biegung zum Teich nahm, sah ich schemenhaft eine Gestalt neben der Holzbank stehen. Zunächst dachte ich, dass du das bist, welcher neben der Bank steht, doch als ich näher kam, erkannte ich, dass es nur der eine Ast der Weide war, welcher so buschig herunterhing und diese Form einer Gestalt bildete. Du lagst auf der Bank und ich dachte zunächst, dass du schläfst. Als ich dich zu wecken versuchte, fiel mir auf, dass du gar nicht mehr atmest. Ich wurde panisch, schlug dir auf den Brustkorb und versuchte, dich wiederzubeleben, während ich dich anschrie aufzuwachen. Ich hatte große Angst um dich und verstand nicht, was da mit dir geschah.«

Doch ich verstand gut und sagte zu ihr: »Es stimmt, Gegensätze leben grundsätzlich voneinander und sie hauchen sich gegenseitig Leben ein.« »Was?«, wiederholte sie ihr Staunen über mich, während sie mir half aufzustehen. »Bist du jetzt völlig verrückt geworden?« »Nein, meine Liebe, nur vollkommen wach«, sagte ich, während wir umarmt zum Haus zurückgingen.

Helga blieb stehen, blickte mich an und ich spürte förmlich, wie mich ihre Blicke prüfend durchdrangen. »Was ist wirklich geschehen?«, fragte sie kritisch nach, so, als ahne sie schon, dass da etwas war, was sie betraf. »Ein Nachwirken aus Galoosan«, sagte ich und spürte, wie sich wieder mein Bauch bei diesem Wort anspannte. »Galoosan?«, fragte sie nach. »Warst du vorhin auf Galoosan?« »Nein, nicht ich war dort, sondern Galoosan war hier, hier im Garten. Es existiert offensichtlich noch eine feine Grenze an diesem Platz, die diese Welt von Galoosan mit der unsrigen hier trennt.«

Sie sah mich jetzt völlig skeptisch an. »Das war jetzt echt zu viel«, sagte sie und ich spürte ihre Angst aufsteigen, jenen Zustand in ihr, der nach Antworten suchte und ihren Mut dabei auf der Strecke ließ. »Und was ist passiert?«, fragte sie nochmals mit gleicher Unsicherheit in der Stimme. »Ich habe die letzte Botschaft des Kriegers erhalten«, sagte ich. »Die letzte Unterweisung zum Manne, die mir noch fehlte.« »Ich denke, du bist Mann genug«, sagte Helga. »Deine Wandlung ist für mich jetzt schon kaum fassbar. Was soll da noch fehlen?«

»Du weißt noch, wie ich an der Zerrissenheit litt«, sagte ich. »Ja, es war eine furchtbare Zeit. Ich spürte förmlich, wie ich dich mit jedem Tag immer mehr verlor«, antwortete sie. »Und ich erst«, fügte ich hinzu. »Trotz all der wiedergewonnenen Kraft und dem neu erlangten Wissen fehlte etwas. Selbst die Suche nach mir und dem Wesen, welches ich bin, konnte ich nicht ganz ergründen. Aber heute geschah etwas, das mich auf den Kern meiner Suche und zu der Erkenntnis brachte, was tatsächlich mit mir geschieht. Es war so, als würde man einem Tänzer zusehen und dabei vergessen, dass man eigentlich den Tanz beobachtet, und umgekehrt. Und obwohl man den Tänzer vom Tanz nicht trennen kann, sind es dennoch zwei unterschiedliche Wesenheiten. Analog dazu erkannte ich, was für ein Mann ich im Sinne als Tänzer war und auch die männliche Kraft als Tanz in mir. Ich erkannte diese gestaltende und immerwährende Kraft hinter dem Tänzer, welche sein Leben bestimmt und ihn immer wieder fordert … zu leben. Ich verstand, dass mein Tanz des Lebens gleichzeitig auch jener aller Männer auf dieser Welt war und wir dasselbe Schicksal teilen, wenn wir nicht endlich beginnen, unsere männliche Kraft zu suchen.« Spätestens jetzt winkte Helga mit den Worten ab: »Hätte ich bloß nicht gefragt«, und ergänzte lächelnd mit den Worten: »Ihr Männer habt echt eine Macke.« Ich nickte ihr lächelnd zu, mehr kann ich ihr jetzt nicht erzählen, das wird sie weit weniger verstehen.

Umarmt gingen wir vorsichtigen Schrittes zum Haus zurück, da es bereits vollkommen finster war, und sie stellte mir jene Frage, die Frauen in ihrer Angst und Unsicherheit uns Männern immer stellten: »Wird sich dadurch etwas in unserer Beziehung und unserem Leben ändern und wird genug Liebe da sein, um diese Veränderung tragen zu können?« Ich blieb stehen, nahm sie fest in den Arm und sah ihr tief in die Augen. Unsere Lippen bewegten sich wie magisch zueinander, so, als würde dabei jene Kraft zwischen uns wirken, welche die innige Verschmelzung sucht. Ich spürte ihre Leidenschaft auf meinen Lippen und ich dachte … nein, ich dachte nichts mehr … ich küsste sie.

Der Morgen danach

Die Morgensonne schien über die bewaldeten Hügeln durch die Terrassentür unseres Schlafzimmers in mein Gesicht. Helga lag in Bauchlage neben mir. Ihr Arm umarmte meine Brust, so, als wollte sie sich noch im Traum an mir festhalten. Ihr langes Haar bedeckte meine rechte Gesichtshälfte. Ihr Atem war kaum wahrnehmbar. Ich neigte mich zu ihr, hob ihre Haarsträhnen hoch und küsste sanft ihre Wange.

Sie öffnete langsam die Augen. Auf ihren Lippen bildete sich ein Lächeln. Sie küsste meine Brust, hinterließ genussvolle Schmatzlaute und wendete sich auf die andere Seite. Kurz darauf drängte sich ihr warmer Hintern an meine Lenden. Ich wendete mich zu ihr und drückte sie an mich. Wir genossen den Augenblick vollkommen entspannt und nach einer Weile schlief sie ein.

Mir gingen die Erinnerungen über Galoosan nicht aus dem Kopf. Habe ich das Ganze nur geträumt? Ist Galoosan tatsächlich passiert, oder war es ein ferner Ort in der Tiefe meines Komazustandes gewesen? Als Traum konnte ich es nicht bezeichnen, da selbst die Träume seitdem anderes waren. Lebendiger, intensiver aber vor allem sie verschwanden nicht mit den Morgen. Es war so, dass der kleinste Gedanke daran, sämtliche Erinnerungen wieder hervorrief. Und wenn ich »Krieger« sagte, fing das sanfte Surren in den Ohren an und eine angenehme Spannung breitete sich in meinem Körper aus.

Und was war das für ein Wesen gestern im Garten, welches in unserem Schwimmteich verschwand? War das alles nur geträumt? Gab es eine Verbindung von einer Welt zu der anderen? Und bildeten dabei Seen, Quellen oder Flüsse eine Brücke, eine Art Übergang zu dieser Entität?

Ja, nach einer Weile war ich mir sicher, Galoosan war kein Traum, sondern ein Seinszustand, der mir ermöglicht wurde, mich und mein kaputtes Leben wieder in Ordnung zu bringen. Ich war damals verloren, richtete mein Leben auf Selbstzerstörung aus. Es gab keine Hoffnung und es gab keinen neuen Weg mehr für mich, den ich gehen konnte. Ich erinnerte mich wieder an diese Galerie der Textblöcke in der Höhle und die unterschiedlichen Schriften darauf. Ich war nicht alleine dort und es stand für mich fest, ich war nicht der Einzige, für den dieser Ort festgelegt war.

Wer Galoosan erschaffen hat, schuf eine Parallelwelt, die uns in unserer größten Not zur Verfügung stand. Das führte mich zum Gedanken, ob Gott existiert und diesen Raum für uns errichtete. Ich war kein gläubiger Mensch, oder nein ich war sehrwohl gläubig, gehörte nur keiner Glaubensgemeinschaft an. Was es auch war, es war größer als wir Menschen. Größer als unsere Welt und vor allem, es war trotz der Gefahren, die wir dort durchliefen - uns Menschen zugetan.

Meine Gedanken wurden unterbrochen. Bello drückte die Tür auf und kam schwanzwedelnd ins Zimmer. Als er mich erblickte, waren es genau drei Sprünge und er landete auf meiner Brust. Ich umarmte ihn, er fing freudig zu jaulen an. Gleich darauf richtete sich Helga auf und sah uns verträumt zu, wie wir im Bett herumtollten.

Sie kicherte, schnappte sich daraufhin seine Beine und wir wälzten uns lachend zu dritt im Bett herum. Begleitet von freudigem Bellen und Jaulen des Hundes.

Wie auf ein Kommando stürmten unsere Kinder ins Schlafzimmer und schlossen sich unserer Verspieltheit an. Nach einer Weile streckten wir uns völlig ermattet und tief atmend auf dem Bett aus. Die Kinder nahmen die Mitte ein und meine Frau und ich bildeten den Ring um sie. Helga und ich hielten uns an der Hand und sahen uns lange in die Augen.

Ihr Gesicht strahlte voller Glück. Ich konnte zum ersten Mal ihre Freude in mir spüren. Ich sah mich selber nicht, aber das Lächeln spannte meine Wangen – ja, ich war glücklich und zum Tänzer meines Lebens geworden.

Doch in dieser Empfindung schwang etwas anderes mit. Ein kaum greifbares Gefühl kam auf und verursachte eine Stille in mir.

Die Kinder standen auf, als hätten sie meine Gemütsschwankung bemerkt und sprangen mit dem Hund aus dem Bett. Ich sah ihnen zu, wie sie lachend aus dem Zimmer liefen. Mein Blick fiel auf Helga, sie musterte meine Gesichtszüge; »Was ist los Niklas?« Ihre Stimme klang besorgt.

Ich zog kurz meinen Schultern hoch, wollte ihr damit andeuten, dass ich es nicht wusste, ihr keine Angst machen, aber das stimmte nicht. Klar wusste ich es. Und das erkannte sie.

»Ist noch etwas aus Galoosan in Dir?«, fragte sie.

Ich nickte: »Sehr viel sogar.«

»Was wirst Du tun Niklas?«, ihre Stimme erzitterte, so als hätte Angst die Führung ihrer Worte übernommen.

»Es gibt so viel Leid in dieser Welt Helga« Sie setzte sich rasch auf, so als wüsste sie, was mir durch den Kopf ging »Ich will dich nicht wieder verlieren«, sie nahm meine Hand.

Ich setzte mich auf. »Nein, wirst Du nicht, aber ich muss was tun.« Sie nahm mein Gesicht in ihre Hände und kam mir nah. Ihre Augen berührten jede Stelle meines Gesichts, so als wollte sie aus diesem lesen.

Ich habe es ihr nie gesagt, aber die Kraft aus Galoosan die in mir lodert, fordert von mir den Ausgleich der Kräfte. Tribut, für meine Heilung zu bezahlen. Ich hatte damals die Wahl zu sterben oder hierher zurückzukehren. Die Gaben, das Gegebene nicht zu verschwenden, sondern der Welt diese angemessen zurückzugeben. Die Stimme damals in der Eiswüste, die von mir den Ausgleich abverlangte, wurde in den letzten Tagen lauter in mir. Selbst das Wesen gestern in unserem Garten forderte es ein. Ich wusste, eines Tages wird es so weit sein, wo ich meine wiedererlangte Urkraft einsetzten, muss. Damit dieses Leid in der Welt, durch meine Handlungen, ein wenig geringer wird.

»Was tun – willst vielleicht diese Welt retten?«, sagte sie, dabei verstummte ihr anfängliches Lächeln darüber.

»Was ist, wenn es so wäre?«

»Diese Welt ist nicht zu retten Niklas. Sie ist so wie sie ist. Für manche ein Chaos voller Elend für die anderen das Paradies.«

»Du weißt was ich mit diesen Mördern gemacht habe.«

Sie sah mir lange in die Augen. Ihr Blick trug Erstaunen und Entsetzen mit sich. »Was ist los mit Dir, willst Du nachtsüber durch die Straßen schleichen und auf Verbrecherjagd gehen? Ist das was du willst«, ihre stimme erhöhte sich, wurde hysterisch.

Ich umarmte sie, hielt sie fest. Strich ihr sanft durch Haar und küsste ihre Stirn. Ich fand keine Worte. Ich wusste es selber nicht. Nur eines, dass dieses Feuer in meiner Brust - immer stärker wurde.

Ende dieser Geschichte.

Lord of Galoosan

Mein Name ist Lord, einfach nur Lord. Ich lebe auf Galoosan und es ist arschkalt hier. Arschkalt ist so eine Bezeichnung, die weder das eine noch das andere in der Wortkombination bestimmt und doch damit etwas aussagt. Nämlich, aufpassen – Ihr kommt hier anders weg, als ihr gekommen seid.

Was mich betrifft, wenige Menschen haben mich gesehen. Ich landete vor Millionen von Jahren hier auf einen vereisten Berg. Der Ort Galoosan ist eine der Wirklichkeiten, wo ich mich jetzt wähne und, um ehrlich zu sein, ich habe auch keinen blassen Schimmer, wo ich mich genau befinde.

Bei genauem Nachdenken werdet ihr positiv überrascht sein festzustellen, dass wir nicht weit voneinander entfernt sind. Nur mit einem gravierenden Unterschied – ich bin mir des Fehlens meiner Orientierung bewusst und ihr, ihr lebt in einer Wirklichkeit, die nur so strotzt vor Verlorenheit.

Das, was ihr vorher von selbst eure sichere Wirklichkeit nanntet, wurde in einem kaum wahrnehmbaren Moment zur verlorensten Sache der Welt. Und wenn ihr mir nicht glaubt, so spürt einmal in euch hinein. Und wenn ihr da nichts mehr spürt, dann macht das auch nichts mehr. Geht wieder arbeiten bis euch das Kreuz bricht. Geht Wäsche waschen, Hemden bügeln, den Babys den Arsch abputzen, Staubsaugen, die Wohnung aufräumen und vergesst dabei das tägliche Weinen nicht und tragt endlich mal den Müll raus. Deckt alles schön zu mit banalen

Handlungen, die euch angenehm vergessen lassen – dass die Welt um euch, keine freundliche ist.

Spürt in euch hinein, wenn ihr in euch nicht mehr den Drang nach Widerstand, Bewegung und Kampf spürt; wenn euch das Abenteuer nicht nur nicht mehr interessiert, sondern euch schon längst aufgegeben hat, dann wird es höchste Zeit, wieder auf die andere Seite, auf die Seite der Kraft zu kommen. Überschreitet die Grenzen, anstatt euch wund zu quatschen. Es wäre besser, diesen endlosen Wortschwall in Handlungen zu verwandeln und euch als bestimmende Wesen zu behaupten, als ständig eure verweichlichte Seite zu rechtfertigen.

Und verkriecht euch nicht wieder zurück in eure verlorene Welt; sucht nicht Schutz in den Räumen eurer geschundenen Seele, die für so eine Verrenkung nie erschaffen wurde. Und kastriert euch dabei nicht selbst, um nie wieder den Weg der Kraft zu gehen. Spürt ordentlich in euch hinein, und findet heraus, was euch so dermaßen erschreckt hat, dass ihr nie wieder euer Leben selbstbestimmt gestalten wolltet.

Findet diese Angst, denn sie ist der Garant dafür, wenn ihr es zunächst nicht glaubt, dass ihr mit ihr kraftvoll leben könnt. Hier liegt nur ein Denkfehler vor. Kein Mensch besteht einen Tag im Leben, ohne dass er nicht Angst hätte. Ihr dürft nur nicht flüchten, ihr müsst euch der Angst stellen und auf ewig mit ihr leben. Und wenn ihr es besteht, wenn ihr eurer Angst Raum gebt, dann wird diese Angst eines Tages zu euren Verbündeten, zu einer weisen Vermittlerin in jenen Momenten der Gefahr, wo alle um euch herum aufgeben, nur ihr nicht.

Bedenkt. Das Beanspruchen eines Sieges, welcher keinen Kampf zur Folge hatte, sondern den Zustand beinhaltet, die Schwächeren an Positionen zu lassen, damit sie versagen, wenn es darauf ankommt, ist eine katastrophale Entwicklung. Die in der entscheidenden Phase mit der Auslöschung des Spezies Mensch folgt. Wie auch immer, arschkalt ist nur der äußerliche Zustand hier auf Galoosan. Das Wetter ist kalt, es wehen unbändige Winde und doch entsteht eine Wechselwirkung der inneren Kräfte, die uns stärkt und wärmt.

Manchmal sehe ich beim Fenster raus und erkenne so manche grauen Gestalten, die sich hier eingefunden haben. Sie wissen nicht, was passiert ist und wie sie hierhergekommen sind. Aber ich denke, nach einer Weile, werden sie anfangen, zu verstehen, was ihre urtümliche und unbeirrbare Kraft ausmacht. Sie werden erkennen, dass dieser endlos leere Raum auf Galoosan in Wirklichkeit die letzte Chance bietet, die letzte freie Bastion, um für immer zu erwachen. In den Fenstergläsern erhasche ich manchmal meine grünen Katzenaugen, wie sie freudig strahlten, dabei rieb ich mir freudvoll mit den Krallen den Bart und dachte, wartet ab ihr Verlorenen, was da auf euch noch zukommt.

An diesem eisigen Ort, erkannte das Wesen Mensch, dass bei Männern die Kraft nach außen gerichtet war und die weibliche Kraft jene war, die nach innen floss. Das, was Männer im Außen erschufen, erbeuteten oder eroberten, lag wiederum in der weiblichen Kraft der Verwaltung und Erhaltung begründet, die sie nur erfüllen konnten, wenn sie ihre Kraft lebten. Sie waren die vollkommene gleichwirkende Kraft wie bei den Männern.

Die Kraft der Männer ist nach außen gerichtet und deshalb fällt es ihnen so schwer, nach den Gefühlen zu greifen, die in ihrem Inneren liegen, geschweige, sie zu beschreiben.

Die Frauen dagegen hatten es dabei etwas leichter, ihre Kraft, die nach innen floss, ermöglichte ihnen durch das Berühren, jedes Schaufenster, welches sich da drinnen freudig aufgebaut oder zerstört hatte, zu beschreiben. Ihre Fähigkeiten, Schwingungen wahrzunehmen, bereitete ihnen den Zugang zum stillen Wissen. Mit diesem Wissen berührten sie die Natur und diese gab ihnen alles zurück, um zu wachsen und ihre Urkraft zu leben.

So absurd es für manche klingen mag, aber Kampf und Kämpfe haben eine heilende Wirkung auf Menschen. Sich auf Gefahren, einzulassen, befreit sie geistig von den Nebeln der Sicherheit und bewirkt eine innere Heilung ihrer Wahrnehmung. Abenteuer und Herausforderungen, die das Scheitern ankündigen, wecken Kräfte in sie, die sie über die Aufgaben erheben und erkennen lassen, dass nur sie selbst die Hürden waren.

Wiedererlangung von Kraft beansprucht ihren eigenen Raum an Leere und diese wird nur dann ihren Platz finden, wenn wir uns leeren. Ja genau, Galoosan ist jener Ort, wo du wieder auf dich selbst gestellt bist. Galoosan ist der Ort, wo du keinen anderen triffst außer die Kriegerin oder den Krieger in dir selbst. Und Galoosan ist der Platz in der Wirklichkeit, der dich so wach macht, dass du nie wieder einschläfst.

Bedenkt Folgendes beim Vorhaben, Galoosan zu erreichen, und zwar, dass dieses Vorhaben mitunter euren antrainierten Bekannten oder Freunden Angst bereitet. Angst, weil sie keinen Zugang dazu haben; Angst, weil die Kontrolle über euch wegfällt; Angst, weil sie der irrigen Ansicht unterliegen, dass wenn sie sich sicher fühlen, ihr auch im Sicheren seid. Dabei übersehen sie die existenzielle Wahrheit, dass ihr nur durch Widerstand wachsen könnt, nur durch Unsicherheit Kraft gewinnt und dass ihr erst durch die Gefahr, die euch droht, zum kraftvollen Menschen werdet.

Die Veränderung zur Kraftlosigkeit hat eine bedeutende Wirkung auf diesen Planeten und unsere Gesellschaft. Diese stellt einen essenziellen Wert dar und diese Schwächung wird nur jenen Wesen dienen, die sich vor dem Widerstand und der Urkraft des Menschen fürchten. Einem alten inneren Gesetz folgend, wenn einmal die Urkraft in uns erwacht, verliert Gefahr an Bedeutung. In diesem Zustand ist es höchst fraglich, noch an Gefahren zu denken, da man in diesem Zustand selbst zur Gefahr geworden ist.

Wenn die Kriegerin oder Krieger in uns erwacht, dann zählt keine Gefahr mehr. Was gleichzeitig bedeutet, dass wir uns nicht wie vollkommene Narren in den sinnlosen Kampf oder Tod stürzen. Sondern innerlich den Zustand erreichen, auf allen Ebenen unseres Seins - dem Unbekannten zu begegnen.

Galoosan ist die Schmiede, wo Heldinnen und Helden geboren werden. Hier ist der Ort, wo das Verlorene seine Bestimmung findet. Nennt mich Lord, einfach nur Lord. Ich bin

Herr über Galoosan und trage Sorge darüber, dass sich das Feuer in euren Herzen, in eurer Welt - entzündet.

Nachwort

Mit dem ersten Tag des Schreibens an diesem Roman fingen die Veränderungen an. Eines Mitternachts wurde es unerwartet kalt im Raum. Das Zimmer um mich verschwand. Galoosan erwachte aus dem Nebel. Das Schreiben wurde zu einer Flussfahrt. Ich saß auf einmal da in der Mitte eines Floßes im Schneidersitz. In meinem Schoß lag der Laptop. Eine wundersame Welt floss an mir vorbei. Manchmal blieb mir vor Staunen der Atem weg. Manchmal lachte ich wie ein Kind. Ich schrieb voller Staunen und hörte nicht mehr auf zu schreiben. Alles was ich auf dieser Reise sah und erlebte, nahm Besitz von mir. Ich fror, ich kämpfte, weinte, lachte und liebte mit meinem Helden. Galoosan hat mich verschluckt und ließ mich nicht los.

Manches sanfte Klopfen meiner Frau an die Zimmertür und die Frage, ob es mir gut geht, ließ mich kurz erwachen. Um gleich darauf dem Bären vor der Höhle zu begegnen. Galoosan wirkte lange in mir nach. Obwohl es sich dabei, so wie ich meinte, um einen innerlichen geistigen Ort in mir handelte, so fiel mir dennoch auf, dass er aus der alltäglichen Welt geformt und manchmal durch diese schmerzlich gebildet wurde.

Gleichfalls erkannte ich, dass meine alltägliche Welt ebenfalls unter ständigem Einfluss von Galoosan stand. Es war wie eine Wechselwirkung zweier unterschiedlicher Pole, die sich unaufhörlich gegenseitig versuchten auszugleichen und dabei eine Bandbreite von Wirkungsfeldern erzeugten, in welche ich lebte. Als ich mich von meinem Helden verabschiedete und den Weg in die alltägliche Welt antrat, verspürte ich Wehmut, so als wenn man sich von alten Freunden trennt, mit denen man durch dick und dünn gegangen ist.

Heute weiß ich, Galoosan hat auch mich geformt. Diese Kraft, die da in mir wirkte, hielt sich nicht an die Grenzen meines Geistes, sondern durchbrach mit Leichtigkeit die Schranken meiner Verrenkungen und nahm Einfluss auf meine alltägliche Welt. Alleine deshalb ist die Reise nach Galoosan empfehlenswert. Eines Tages erwischte ich mich selbst dabei, dass ich in einer heiklen Situation »Krieger« flüsterte. Was dann folgte, war genauso überraschend wie erfreulich ...

Selbst nach Jahren blieb mir Galoosan, schemenhaft und feinstofflich in Erinnerung, so wie das morgendliche Erwachen in einem Wald, welcher sanft im Nebel ruht ...

Michel Skala

Biographie

Kindheit und Jugend

Michel Skala wurde in einer Neumondnacht auf einen Sonntag im Dezember des Jahres 1960 in der südserbischen Stadt Nis, (lat. Naissus) im damaligen Jugoslawien geboren. Bei seiner Geburt trug er ein drei Zentimeter großes Muttermal an seiner linken Hand. Schwindelanfälle und übermäßiges Nasenbluten begleiteten ihn bis zu seinem dritten Lebensjahr, bis sich seine drei Tanten, welche einer alten Tradition von Heilerinnen angehörten, sich seiner annahmen und ihn zu einer befreundeten Kräuterfrau und Heilerin brachten.

Die Reise dauerte einige Tage und er erinnerte sich nur schemenhaft daran, als sie in einer Vollmondnacht einen Fluss überquerten und zu einer bewaldeten Insel kamen, die mitten im Fluss lag. Eine alte Frau, mit einer sonderbaren Sprache, begrüßte sie beim Eingang und als sie das Muttermal sah, fing sie aufgeregt mit den Tanten zu diskutieren an.

Die alte Frau rieb mit einem kleinen Ast eine Salbe auf seinen Handteller und trällerte dabei einen eigenartigen Gesang, welcher immer wieder zwischen Flüstern und Gesang wechselte. Die Tanten saßen im Kreis um ihn herum und sangen ebenfalls dieses sonderbare Lied, welches immer wieder von der alten Frau angestimmt wurde. Die Feuerstelle in der Mitte des Raumes warf Schatten an die Wände. Das war das Letzte, woran er sich erinnern konnte, bevor er das Bewusstsein verlor. Er wachte erst wieder auf, als er mit den Tanten mit dem kleinen Holzboot den Fluss querte.

Sein Muttermal war verschwunden und die Ohnmachtsanfälle sowie das Nasenbluten kehrten niemals wieder. Die Tanten meinten, dass das Muttermal vorhanden, jedoch für bestimmte Kräfte, die ständig auf ihn einwirkten, nicht mehr wahrnehmbar ist. Und dass dieses Muttermal eines Tages wieder erscheinen würde, wenn er sich diesen Kräften selbst widersetzen kann.

Seine Großeltern bildeten den letzten magischen Input auf seinem kindlichen Weg. Die Großmutter zeigte ihm in einer Winternacht, da war Michel fünf Jahre alt, wie er die Stimmen des Feuers hören konnte, und sie war es, die ihm beibrachte, auf die Wunder dieser Welt genauer zu achten. Der Großvater dagegen verstand es mit seinem langjährigen Freund namens Kosta die abenteuerlichsten Geschichten zu erzählen. Somit wurden diese beiden alten Herren die Erbauer seiner bewegenden Imaginationskraft. Auf dem Hof seiner Großeltern verbrachte Michel die Zeit bis zu seinem sechsten Lebensjahr und nahm früh die Bekanntschaft mit verschiedensten Tieren und der umliegenden Natur auf. All diese Erlebnisse sog er in sich auf, die sich unauslöschlich in sein Empfinden und seinen Geist manifestierten. Das waren die prägendsten Jahre für sein zukünftiges Leben, welches immer wieder in Berührung mit der Natur und Magie kam.

Als er sechs Jahre alt war, siedelten sich seine Eltern im östlichen Teil des Wienerwaldes, im damals recht verträumten Städtchen Purkersdorf, westlich von Wien, an. Dort verbrachte er seine ganze Jugend. Im Schulalter interessierte sich die Kirche für ihn, doch in der Familie war ein anderer Weg für ihn vorgesehen. So kam es, als der Dorfpfarrer eines Tages Michel auf eine Theologieschule schicken wollte, dass der Vater, ein eingefleischter Kommunist, den Pfarrer bei diesem hilflosen Werbeversuch aus dem Haus warf. Das war das Ende seines begonnenen theologischen Weges als Ministrant für die katholische Kirche.

Mit 15 Jahren schrieb er seinen ersten Roman mit dem Titel *»Werwölfe gegen Vampire«*, welcher in den siebziger Jahren nicht veröffentlicht wurde. Es fand sich kein Verleger, da einige meinten: *»So eine Geschichte möchte sicherlich keiner lesen«*.

Werdegang und Beruf

Im Jahr 1979 schloss er den ersten Bildungsweg als KFZ-Techniker ab. Nach zweijähriger Militärdienstzeit trat er den zweiten Bildungsweg als Versicherungskaufmann in Wien an. Nach Abschluss des zweiten Bildungsweges, als Versicherungskaufmann, gründete er 1991 seine eigene Firma und wurde Unternehmer.

Durch seinen tiefen Bezug zur Natur und Magie des Lebens fing er 1981 eine zwölfjährige Lehre bei einem Schamanen aus Schweden an. Dem Einfluss dieses abenteuerlichen Meisters folgend, durchschritt er alle Initiationsrituale zum Schamanenwesen. Eines Tages entließ ihn Gunar aus seiner Obhut mit den Worten »Du bist bereit«.

In den Neunzigern erfand er einen Mikroölfilter, der technisch in der Lage war, Sondermüll bei Verbrennungsmotoren und Hydraulikanlagen einzusparen und patentierte diese in Deutschland. Er kämpfte an der Nord- und Ostsee gegen Großkonzerne und gegen die Verschmutzung der Umwelt durch Sondermüll. Diesem Kampf des »Don Quijote« hielt er viele Jahre stand, baute von Hamburg aus Netzwerke mit Spanien, Portugal, Italien, Österreich und der Schweiz auf. Als Bewahrer und Schützer der Natur wurde er 1996 ins »Who Is Who« der 50.000 Persönlichkeiten Österreichs im Naturschutzbereich eingetragen.

Es folgten wirtschaftliche Jahre in Österreich. Er war Funktionär im Bundesausschuss der Wirtschaftskammer Österreich als Interessenvertreter der Versicherungsvermittler. Als Gründervater des Experten Rates Österreich führte er den Vorsitz an, welcher sich zur Aufgabe machte, die wirtschaftliche Unabhängigkeit seiner Berufskollegen zu schützen und zu fördern.

Innerer Wandel

Mit der Finanzwirtschaftskrise 2008 besann sich Michel wieder auf das Wesentliche und der Frage, was im Leben wichtig sei. Die Antworten darauf veränderte seine Welt aufs Neue. Bei diesem innerlichen Prozess besann er sich seiner magischen Kindheit und des ersten Buches, welches er damals schrieb. Er fing wieder Zeremonien zu praktizieren und den Weg der Kraft zu gehen. Dieser Weg der Kraft führte ihn auf eine lange Zeit des Reisens. Von Wien aus über den Balkan bis hinauf in die Highlands Schottlands und von dort aus zum Kap der Guten

Hoffnung in Südafrika. Den Spuren eines alten Meisters Ernest Hemingway folgend, reiste er nach Cuba in die Stadt Havanna und fand dort den ausschlaggebenden Funken, welcher ihn wieder zum Schreiben bewegte. Auf diesen Reisen fand er seine Muse, die ihn zu neuen Geschichten inspirierte.

In Wien angekommen, schrieb er viele Bücher, die seine Lehren und Erfahrungen wiedergaben. Über die innige Kraft, die in uns Menschen innewohnt und erst dann zur vollen Entfaltung gelangt, wenn wir mit dem Rücken zur Wand stehen. Seine Abenteuergeschichten handeln von jenen Momenten, in denen Menschen zu Helden werden.

Seine Protagonisten kommen an ihre inneren Grenzen und kurz bevor sie an den schicksalhaften Ereignissen zerbrechen, einen Moment, bevor sie versagen, erwacht eine Kraft in ihnen, die den Ausgang ihrer Geschichte verändert. Es sind die Grenzen zwischen Angst und Mut, die sie durchschreiten. Jene Begrenzungen, die er selbst so oft in sich fand, die entscheiden, ob wir siegen oder versagen …